Seelenhunde
sterben nicht

Seelenhunde sterben nicht . . .

Solange wir leben,
werden auch sie leben.
Wenn wir uns erinnern,
können wir sie sehen.
Und dann wissen wir,
sie wandern neben uns,
wie in alten Zeiten.

Anita Schneider

Seelenhunde
sterben nicht

Gerdi M. Büttner
Christine Wesiak

Bibliografische Information der Deutschen
Nationalbibliothek:
Die Deutsche Nationalbibliothek verzeichnet diese
Publikation in der Deutschen Nationalbibliografie;
detaillierte bibliografische Daten sind im Internet über
dnb.dnb.de abrufbar.

Herstellung und Verlag:
BoD – Books on Demand, Norderstedt

ISBN: 978-3-7534-4538-0

Vorwort der Autorin

Liebe Leserinnen und Leser, bevor die eigentliche Geschichte beginnt möchte ich vorab noch ein paar Erläuterungen einfügen. Denn dieses Buch erzählt eine etwas andere Hundegeschichte.

Neben meiner Leidenschaft für das Schreiben habe ich schon vor vielen Jahren die Faszination der Tierkommunikation für mich entdeckt. Über die Tierkommunikation kam auch der Kontakt zu Christine zustande, die mich bat mit ihren verstorbenen Hunden Jacqui und Luna Kontakt aufzunehmen. Das Gespräch mit den beiden Bullys brachte mich auf die Idee ein Buch über Luna zu schreiben. Doch die Geschichte wäre unvollständig geworden ohne die Geschichten der anderen Hunde (und einer Katze) die vor, mit und nach Luna bei Christine und ihrer Lebenspartnerin Helga lebten.

Schon als ich zu schreiben begann wurde mir bald klar, dass Luna mir beim Schreiben assistierte, indem sie mir telepathisch Bilder schickte und mir berichtete, wie ihr trostloses Leben als Vermehrerhündin abgelaufen war. Außerdem gab sie mir Einblicke über das Zusammenleben mit ihren beiden Fraulis und den Tieren, die mit ihr in der Familie lebten. Ich beschloss deshalb meine Gespräche mit Luna und den anderen Tieren in die jeweiligen Kapitel einzufügen.
Ihre Sichtweise auf Leben und Tod zeigte mir ganz neue Erkenntnisse auf was das Leben und das Sterben

sowie die Reinkarnation unserer Haustiere betrifft. Es zeigte mir, dass es eigentlich keine Unterschiede zwischen uns Menschen und den Tieren gibt. Wie wir haben sie eine Seele und wie wir wünschen sie sich ein gutes Leben auf Erden und einen friedlichen, schmerzfreien Tod.

Leider sprechen noch viele Menschen den Tieren eine Seele ab, oft geprägt durch die Religionen, von denen die meisten den Mensch über das Tier stellen. Das zu dem einfachen Zweck die „seelenlosen" Tiere ungehindert ausbeuten und töten zu können. Wohin das geführt hat bekommen wir täglich vorgeführt, nämlich zur völlig die tierischen Bedürfnisse verachtenden Massenhaltung von Nutztieren in großen Teilen der Welt.

Oder auch die unsagbar brutale Tötung von Millionen Rindern, Schafen, Ziegen usw. durch Kehlschnitt ohne vorherige Betäubung, wie sie die Religion des Islams vorschreibt.

Weil der Mensch Tiere nicht wertschätzt leert er durch totale Überfischung die Meere und trägt die Schuld am rasanten Aussterben sehr vieler Tierarten.

Von den grauenhaften Sitten und Gebräuchen der asiatischen Völker, die selbst vor Insekten, Spinnen, Schlangen, Ratten, Fledermäusen, Vögeln, ja sogar vor akut vom Aussterben bedrohten Tierarten nicht haltmachen, und die Tiere zum Teil sogar lebendig verzehren, möchte ich gar nicht erst schreiben. Auch nicht über die Millionen von Haustieren, wie Katzen und Hunde, die trotz jahrelanger Proteste aus aller Welt auf bestialische Weise getötet werden um sie zu essen.

Nur der Gedanke daran macht mich unendlich traurig und auch wütend.

Leider weigern sich auch die meisten Politiker hartnäckig den Tieren eine fühlende Seele zuzusprechen. Schon gar nicht den Nutztieren, da ja sonst die Massentierhaltung, der grausame Umgang mit den Tieren in den Schlachthöfen, in Tierversuchslaboren oder wo immer auch sonst Tiere wie leblose Sachgegenstände und nicht wie fühlende Wesen behandelt werden, neu geregelt werden müssten.

Doch es gibt zum Glück immer mehr Menschen denen bewusst wird was wir den Tieren antun, die Mißstände aufdecken und anprangern, für das Wohl der Tiere demonstrieren und Petitionen erstellen, damit sich etwas ändert. All diesen Menschen gebührt mein größter Respekt.

Mir selbst liegt das seelische und körperliche Wohl aller Tiere sehr am Herzen, meine perfekte Welt wäre eine Erde ohne Krieg, auf der sich die Menschen gegenseitig achten. Und auf der auch den Tieren Wertschätzung entgegengebracht wird.

Leider gibt es diese Welt nicht, doch wir sollten uns alle bemühen ihr täglich ein kleines bisschen näher zu kommen. Ich habe für mich jedenfalls beschlossen das zu versuchen, indem ich den unschuldigsten Wesen auf dieser Erde helfe – den Hunden.

Besonders denen die in Ländern wie Rumänien, Bulgarien, Ungarn und Spanien unter katastrophalen Zuständen leben müssen und denen dort Hunger, Krankheit, Misshandlung und in vielen Fällen ein grausamer Tod droht.

„Seelenhunde sterben nicht" ist der Titel dieses Buches – und ich möchte noch kurz darauf eingehen. Jeder von uns Hundefrauchen und -herrchen hat diesen Begriff schon gehört und fragt sich vielleicht, was das Besondere daran ist. Ein Seelenhund ist der Hund der uns liebt und versteht wie kein anderer Hund, und der nur für uns in unser Leben gekommen ist. Zwischen ihm und uns besteht eine ganz besondere Herzensverbindung die einmalig ist und sich mit nichts anderem vergleichen läßt. Uns ist es als wären wir schon immer füreinander bestimmt gewesen und oftmals scheint uns der Weg, über den wir zueinander gefunden haben, ein seltsamer zu sein. So, als hätte uns der Himmel diesen Hund geschickt. Manche Menschen behaupten sogar es gäbe nur einen Seelenhund in unserem Leben und nach seinem Tod wird kein anderer Hund seinen Platz einnehmen können.

Dieser Meinung kann ich jedoch nicht zustimmen. Bisher haben acht Hunde mit mir mein Leben geteilt. Jeder war, oder ist, auf seine Weise ein Seelenhund für mich. Jeder hat auf seine ureigene Weise meine Seele berührt und für immer seinen Platz in meinem Herz gefunden.

Meine Hunde haben mich gelehrt das Leben und besonders den Tod in einem anderen Licht zu sehen. Durch ein Kindheitstrauma war der Tod für mich ein Tabuthema, durch meine Hunde habe ich erfahren, dass der Tod nicht das Ende allen Seins ist sondern dass wir alle unsterblich sind und dass ich eine spirituelle Veranlagung besitze. Durch sie kam ich zuerst zur Tierkommunikation und im weiteren Verlauf kamen immer weitere spirituelle Themen dazu, die nach und nach mein bisheriges Weltbild sehr verändert haben.

Als ich zum ersten Mal von Tierkommunikation hörte, war ich sofort fasziniert und kaufte mir zuerst ein Buch darüber. Nach ersten kleinen Erfolgen mit meinen eigenen Hunden entdeckte ich in der Zeitung eine Anzeige über einen Kurs in Tierkommunikation und meldete mich an.

Zuerst sprach ich mit meinen damaligen Hunden Danny und Buffy, beides weiße Boxer - doch die zeigten leider wenig Interesse daran mit mir über „Belanglosigkeiten", wie sie es nannten, zu sprechen. Deshalb versuchte ich ein Gespräch mit meiner verstorbenen Hündin Lara zu führen, die auch sofort bereit dazu war. So saß ich abends oft auf der Terrasse, blickte in den Himmel und sprach in Gedanken mit meiner toten Hündin. Über was wir uns unterhielten habe ich großteils vergessen, bis auf das was Lara mir eines Tages anvertraute: „Die Buffy wird bald zu mir kommen", teilte sie mir in vollkommener Unschuld mit.

Ich war geschockt, und ich hoffte zum ersten Mal ich hätte mir die Kommunikation mit ihr nur eingebildet. Buffy war gerade einmal fünf Jahre alt und sprühte vor Lebenslust. Doch nur wenige Wochen später kämpfte sie in der Tierklinik um ihr Leben. In den Nächten, die ich meist schlaflos verbrachte, begann Buffy mit mir zu reden, oft stundenlang. Sie sprach von ihrer großen Angst nicht mehr gesund zu werden, ein kranker Hund wollte sie nicht sein.

Ich beschwor sie die Operation abzuwarten und bat sie durchzuhalten. Während der Operation stellte sich heraus, dass sie nie mehr gesund sein würde. Einen Tag nach der Operation erhielt ich den Anruf, dass meine geliebte Buffy ganz plötzlich gestorben war.

Auch nach ihrem Tod hielten unsere nächtlichen Gespräche an und nur acht Wochen nach ihrem Tod meinte sie unvermittelt, dass sie zu mir zurückkehren würde und bereits auf dem Weg sei. Sie machte mir detaillierte Angaben und ich hatte gerade eine Woche Zeit sie ausfindig zu machen, bevor sie erneut geboren wurde. Dieses ungewöhnliche Erlebnis überzeugte mich endgültig davon, dass es ein Leben nach dem Tod, Wiedergeburt und Lebenspläne gibt, nicht nur bei uns Menschen sondern auch bei unseren Hunden. Auch dass sie als Helfer zu uns kommen um uns Menschen dabei zu unterstützen, unsere Aufgabe zu finden und dadurch die Welt zu einer besseren zu machen. Leider wird diesen wunderbaren Geschöpfen ihr selbstloser Einsatz von uns Menschen oft nur schlecht vergolten.

Inzwischen habe ich mit vielen Tieren gesprochen die bereits über die Regenbogenbrücke gegangen sind. Oft kam der Anstoß dazu vom Tier selbst, zum Beispiel wenn ich in einer Hundegruppe auf Facebook einen Post sehe, in dem ein trauriger Besitzer den Tod seines Hundes mitteilt. Dann entsteht manchmal das Gefühl in mir der Hund möchte mir etwas sagen, was ich seinem Frauchen oder Herrchen mitteilen soll.

Aber es sind auch oft die traurigen und geschockten Besitzer die mich bitten mit ihren Tieren in Kontakt zu treten. Sie möchten meist wissen wie es ihrem Tier dort oben geht, ob es glücklich ist, und ob es nun keine Schmerzen mehr hat. Ganz oft wollen sie auch wissen ob es richtig war, dass sie ihr Tier einschläfern ließen und ob es - sein Geist - noch bei ihnen weilt.

Alle diese Fragen kann ich getrost mit „ja" beantworten. Denn hinter der Regenbogenbrücke ist die wahre Heimat jeden Tieres, genau wie unsere auch. Dort herrscht Frieden, Glück und niemand muss dort leiden. Zudem ist uns kein Tier böse weil wir es von Krankheit und Leid erlösen ließen. Auch sind unsere Hunde noch oft bei uns weil sie noch immer unsere Nähe suchen. Denn so schön es im Himmel auch ist so hat uns doch kein Tier gerne verlassen. Und wenn Sie achtsam sind dann nehmen Sie Zeichen wahr, mit denen Ihr Hund Ihnen sagt, dass er bei Ihnen ist. Diese Zeichen können so einmalig sein wie Ihr Hund es war, manche nur ganz zart, andere deutlicher. Sie müssen nur an das glauben was Sie sehen, hören, riechen oder spüren.

Ein häufiges Thema sowohl von den verstorbenen Hunden, als auch von den trauernden Besitzern, ist die Reinkarnation des Tieres. Jemand sagte mir einmal Tiere seien so reine Seelen die müssten im Gegensatz zu uns Menschen nicht wiedergeboren werden. Dass unsere Hunde reine Seelen sind dem stimme ich sofort zu und vermutlich müssten sie tatsächlich nicht nochmals ein Dasein auf Erden absolvieren. Aber ganz viele tun das freiwillig, weil sie uns lieben und einfach gerne zu uns zurückkehren wollen.

Entweder weil für ihren Auftrag ein einziges Hundeleben nicht ausreichte, oder einfach weil sie sich nichts Schöneres vorstellen können als nochmal ein Hundeleben mit uns zu verbringen.

Leider gibt es aber auch sehr viele Hunde auf dieser Welt die nicht das Glück hatten als Seelenhunde geboren worden zu sein. Die, wie in Rumänien oder Bulgarien, auf der Straße leben müssen und sich nur mehr schlecht als recht ernähren können. Die ständig vor Hundefängern auf der Flucht sind und, wenn sie eingefangen werden entweder für den Rest ihres Lebens in einem Shelter eingesperrt sind oder brutal getötet werden.

Oder wie die Hunde in Spanien die fast das ganze Jahr über in Verschlägen eingesperrt sind und nur unzureichend gefüttert werden, damit sie wenn die Jagdzeit beginnt für ihre Halter Hasen und Kaninchen jagen. Ist die Jagdzeit zu Ende werden die Hunde weggejagt oder auf oft barbarische Weise umgebracht.

Noch schlimmer ergeht es den unzähligen Hunden in den asiatischen Ländern, die unter miserablen Umständen gezüchtet werden um später totgefoltert auf den Tellern zu landen.

Was alle diese selbstlosen Hundeseelen dazu bewegt dieses Schicksal auf sich zu nehmen, darüber rätsele ich schon lange. Bisher habe ich noch nicht den Mut gefunden mit diesen Tieren in Kontakt zu treten. Doch da alles im Universum einen tieferen Sinn hat bin ich mir sicher, dass die Hunde, und auch die sogenannten Nutztiere, das grenzenlose Leid auf sich nehmen, um uns Menschen aufzurütteln, sodass wir endlich bemerken was wir anderen Lebewesen antun. Tatsächlich kümmern sich auch immer mehr Menschen darum den Tieren mehr Gerechtigkeit und Schutz zukommen zu lassen. Tierschutz ist ein Thema geworden das immer mehr Menschen dazu bewegt aktiv zu werden. Tierschützer sind inzwischen in allen Ländern tätig um auf das Leid der Tiere aufmerksam zu machen und vor Ort zu helfen. Dennoch ist noch sehr, sehr viel zu tun, um das Leben auf unserem Planeten für Mensch und Tier lebenswert zu machen. Ich liebe alle Tiere und verabscheue jegliche Art von Tierquälerei, habe es mir aber zur Lebensaufgabe gemacht, besonders Hunden in Not zu helfen. Denn leider ist es unmöglich alle Tiere dieser Welt zu retten und selbst bei den Hunden muss ich Prioritäten setzen, welche ich unterstütze. Damit ich das überhaupt kann habe ich bisher drei Hunderomane geschrieben, den kompletten Erlös daraus spende ich an Organisationen die Hunde retten.

Und auch den Erlös dieses Buches stelle ich für den gleichen Zweck zur Verfügung.

Ihre Gerdi M. Büttner

Über mich

Mein Name ist Christine und ich lebe mit meiner Partnerin Helga und unseren Bullys zusammen. Dieses Buch erzählt zwar das Leben von unseren Hunden, doch möchte ich zuvor auch ein wenig über Helga und mich erzählen. Wir sind beide sehr große Hundefreunde und ganz besonders die Bulldoggen haben es uns angetan. Und so waren es natürlich schon immer Bullys, die mit uns Wohnung und Leben teilten.
Für uns wäre ein Leben ohne diese liebenswerten Knautschgesichter einfach nicht perfekt.

Ich wurde in einem kleinen Dorf auf dem Land geboren. Als ich ein Jahr alt war zogen wir, meine Eltern, mein älterer Bruder und meine ältere Schwester in die Stadt, da dort die Schulen einfach besser waren. Unsere Ferien verbrachten wir aber immer in unserem Haus auf dem Land.
Dort gab es nur ein Landgasthaus und zum Einkaufen mussten wir in die nächsten Ortschaften fahren oder gehen. Der Fußweg betrug, je nachdem in welche Ortschaft wir gingen, zwischen 20 und 30 Minuten. Ich habe diese Zeit auf dem Land genossen, die wir Kinder hauptsächlich im Freien verbrachten. Egal ob die Sonne schien, es regnete oder schneite. Wir tobten auf dem kleinen Dorfplatz neben der Kirche oder aber auf den Feldern und im Wald herum.
Viel Zeit verbrachte ich bei einem Bauern, keine 100 Meter von unserem Haus entfernt. Am liebsten war ich

im Stall, aber auch in der Stube, die immer leicht nach selbstgemachtem frischem Brot roch. Jeden zweiten Tag ging ich hin um frische Milch zu holen. Angst vor Kühen, Schweinen, Schafen und all den anderen Tieren, die sich dort tummelten, kannte ich nicht. Oft durfte ich auch auf dem Traktor mit aufs Feld fahren, wo dann alle halfen das Heu einzubringen.

Wir lebten in einem urigen alten Bauernhaus mit einem angebauten Stadl und Stall, in dem es einst ein paar Kühe, Schweine und Hühner gab. Das allerdings vor meiner Zeit.

Ich hatte eine unbekümmerte Kindheit in der mir kaum jemand Vorschriften machte was ich tun oder lassen sollte. Handys gab es damals noch nicht und das Fernsehen bestand aus zwei Sendern. An den Abenden hielten wir uns meist in der Küche im Kreise der Familie auf, uns mit diversen Karten- und Brettspielen die Zeit vertreibend. Im Sommer war es durch die dicken Steinmauern kühl und im Winter knisterte das Holz im Ofen.

Es gab eine Katze auf dem Hof, die wir Pinky nannten. Sie war getigert und für ein Landkätzchen total verschmust. Immer wenn wir dort waren ging sie bei uns ein und aus. Als meine Eltern sich nach vielen Bitten dazu entschlossen hatten sie zu behalten und wir sie bei der nächsten Heimfahrt mitnehmen wollten, war sie jedoch verschwunden. Erst viele Jahre später sollten wir ihr Skelett unter einem Holzstapel finden. Warum sie darunter gekrochen ist wissen wir nicht, vielleicht war sie krank oder verletzt. Mit Pinky fing jedenfalls alles an. Sie war das erste Haustier, das sich in mein Herz schlich und mit mir mein Bett teilte.

Als ich etwa zehn Jahre alt war entdeckte ich ein kleines Streunerkätzchen. Die Kleine wartete jeden Tag am Sockel eines Hauses auf mich, wenn ich mich auf dem Heimweg aus der Schule befand. Obwohl ich wusste dass meine Eltern sich mit Haustieren nicht so recht anfreunden konnten, nahm ich es mit nach Hause.

Damals wie heute kann ich sehr hartnäckig sein, wenn ich etwas unbedingt will und so bettelte und bat ich so lange, bis die kleine Katze schließlich bei uns einziehen durfte. Ich gab ihr den Namen Susi und sie war für die nächsten 17 Jahre meine Begleiterin.

Als ich Susi damals gehen lassen musste war mir ziemlich schnell klar, dass ich mir wieder ein Kätzchen holen würde. Ich entschloss mich für einen kleinen Kater vom Land. Er sollte Pinky heißen da er getigert war wie die erste Pinky, hatte jedoch langes Fell.

Pinky war ein Energiebündel, konnte bis zur Hüfte hoch springen oder kletterte an unseren Beinen hoch. Aber seine Zeit bei uns sollte nur eine kurze sein. Damals wohnte ich schon in der Stadt und Pinky war ein Freigänger. Eines Morgens wurde ich von einem Schuss geweckt und mir war in dem Moment klar, dass etwas Schlimmes mit Pinky passiert sein musste. Er kam danach nicht mehr nach Hause und ich habe ihn nie mehr gesehen.

Zwei Monate später fuhren meine Mutter und ich zum Tierheim. Wir wollten wieder einem Kätzchen ein neues Zuhause geben. Treibende Kraft war, wie sollte es anders sein, natürlich ich. Und so standen wir vor dem Freigehege und sahen uns viele kleine Kätzchen an. Sie waren erst ein paar Monate alt und, bis auf eines, alle wohlgenährt. Dieses kleine, schüchterne Kätzchen musste mit dem Vorlieb nehmen was ihm die anderen übrig ließen. Ich beschloss sie sollte bei uns einziehen. Ihr Name war Niki und selbstverständlich schlief sie bei mir im Bett, so wie alle anderen Tiere, vor und nach ihr.

Helga und ich haben neben der Liebe zu unseren Bullys noch einige gemeinsame Interessen. Wir lieben es zu wandern oder Rad zu fahren, auch Skifahren ist ein großes Hobby von uns Beiden. Und wir sammeln leidenschaftlich einfach alles was mit Bulldoggen zu tun hat. So zieren unser Wohnzimmer über zweihundert Bully-Artefakte wie etwa Bücher, Figuren, Plüschtiere, Kissen und vieles mehr. Ob Kunst oder Kitsch ist egal, Hauptsache es zeigt eine Bulldogge. Ansonsten gehen unsere Interessen etwas auseinander, so könnte unser Musikgeschmack nicht verschiedener sein, Helga hört am liebsten Rock und Pop, ich hingegen liebe deutsche Schlager, Musicals und Elvis.

Helga, die Germanistik und Lehramt in Deutsch und Geschichte studiert hat, liebt Bücher und ist eine große Leseratte. Ich hingegen lese in Intervallen. Manchmal verschlinge ich mehrere Bücher hintereinander, dann schaue ich wieder monatelang kein Buch an. Dann gehört mein Herz eher dem Film. Meine Interessen sind da breit gefächert, ich liebe Klassiker ebenso wie Musikfilme, Zeichentrick, Tier- aber auch Kriegsfilme und Science Fiction. Und da ich jahrelang Eishockey gespielt habe, gefallen mir auch Sportfilme sehr gut, besonders wenn sie von Eishockey handeln.

So ist es nicht verwunderlich dass meine DVD und BluRay Sammlung an die 700 Stück beträgt.

Eishockey war mehr als ein Hobby für mich, dass ich jahrelang ausgeübt habe und das mich in einige Länder brachte. Einmal sogar bis nach Paris, wo wir als damals neu zusammengestelltes Nationalteam unser Land vertreten durften. Ich kam zu diesem Sport in einem eigentlich schon recht reifen Alter von 26 Jahren und habe gewisse Dinge, wie zum Beispiel das Rückwärtsfahren, erst lernen müssen. Aber auch hier kam mir meine Hartnäckigkeit wieder zu Gute. Alles, was ich an Talent nicht mitbrachte, erlernte ich mit Fleiß. Ich weiß noch, dass ich noch nie so einen Muskelkater wie nach meinem ersten Training hatte.

Es folgten dann Trainingslager in Ungarn, in der Slowakei aber auch in Slowenien und Deutschland. Wir saßen stundenlang im Bus und trotzdem kam nie Langeweile auf. Und hier lernte ich auch meine immer noch beste Freundin Evi kennen. Ich weiß noch, dass viele in unserer damaligen Mannschaft unserer Freundschaft jegliche Dauer absprachen. Der Grund dafür war wohl das uns ein Altersunterschied von immerhin 18 Jahren trennte. Aber dem war nicht so. Noch heute zähle ich sie zu meinen engsten und liebsten Freunden und das, was wir an Spaß erlebt haben, kann und wird uns niemand mehr nehmen.

Überhaupt hat mich dieser Sport sehr geprägt. War ich vorher eher in mich gekehrt und verschlossen, lebte ich während der Ausübung auf. Ich denke generell, dass ein Mannschaftssport enorm lehrend ist und jedem Einzelnen, sofern er es zulässt, viel beibringen kann. Allein wird man in diesem Sport nichts erreichen, es zählt nur das Team. So spielte ich auch im Laufe der Jahre auf allen Positionen, bei denen ich halt gerade gebraucht wurde. Obwohl ich immer im Tor spielen wollte begann ich als Stürmerin, da die Torwartposition schon besetzt war. Als unsere Torfrau nach einiger Zeit aufhörte wurde ich dort eingesetzt. Ich kann mich noch gut erinnern, dass ich, als ich von unserem Trainer eingeschossen wurde, einmal einen Schlagschuss auf meinem Helm abbekommen habe, der mir einige Tage Kopfweh verursachte. Ich liebte diese Position, auch wenn es nicht immer leicht war, denn wenn man sich da einen Fehler leistete war es unweigerlich ein Tor. Als ich dann die Mannschaft wechselte wurde ich kurzfristig wieder in den Sturm versetzt, da unsere damalige Torfrau einfach mehr Erfahrung hatte und auch besser war als ich. Als dann zu wenig Verteidiger waren, wurde ich kurzerhand als Verteidigerin umgeschult und das war dann auch die Position, die ich bis zum Schluss ausgeübt habe und die ich dann auch am liebsten gespielt habe. Meistens wurden mir junge Spielerinnen an die Seite gestellt und diese zu führen und leiten, bereitete mir unendlich viel Freude Aber irgendwann war dann der Zeitaufwand mit Training, Heim- und Auswärtsspielen einfach zu groß. Und so hing ich dann nach 12 Jahren meine Eisen schweren Herzens an den Nagel. Geblieben ist nur die Erinnerung an eine unvergesslich schöne Zeit.

Bullymenschen sind wahrscheinlich etwas anders als herkömmliche Hundebesitzer, denn auch unsere Bulldoggen sind in vielem anders als andere Hunde. Sie sind die Menschen (im positiven Sinn) unter den Hunden, weshalb das Leben mit ihnen auch nicht immer ganz einfach ist.

Vieles was man ihnen nachsagt stimmt tatsächlich. Sie sind stur und hinterfragen erst einmal jede Ansage, die man ihnen macht. Etwa, ob man tatsächlich morgens um vier Uhr dreißig aus dem Bett steigen soll um bei Regen und Wind Gassi zu gehen, nur weil für die Fraulis um sieben Uhr die Arbeit beginnt. Da braucht es Überzeugungsarbeit – ein schmackhaftes Leckerli, oder Beides.

Und von wegen schnell raus und Pippi machen. Wenn Bully nun schon mal aufgestanden ist, dann muss erst noch der geeignete Platz gefunden werden. Schließlich muss es wohl bedacht sein wo man seine Duftmarke hinterläßt. Und um den idealen Platz für die größeren Hinterlassenschaften ausfindig zu machen kann schon eine Weile dauern.

Auch ganz normale Spaziergänge mit unseren Lieblingen können sich in die Länge ziehen, da Hund jedes Blümchen am Wegrand kennt und darauf besteht es gebührend zu begrüßen. Auch die Suche nach dem leckersten Grashalm kann sich hinziehen.

Es stimmt auch dass viele Bulldoggen schnarchen wie die Holzfäller und man deshalb öfter mal das Fernsehprogramm lauter stellen muss. Außerdem sind sie sehr verfressen, im Allgemeinen aber nicht wählerisch diesbezüglich was sie in Windeseile verschlingen.

Im Interesse ihrer Gesundheit und auch des empfindlichen Geruchsinns ihrer Halter sollte man jedoch wohl überlegen, was man ihnen vorsetzt.

Andererseits sind die kräftigen Bullys die idealen Mitbewohner. Im Haus meist ruhig, dösen sie am liebsten auf der Couch oder in einem gut gepolsterten Hundekorb vor sich hin, lassen sich sehr gerne knuddeln und kraulen und sind am liebsten hautnah bei ihren Menschen. Auch in der Nacht, die sie gerne mit uns im Bett verbringen.

Sie sind für normale Menschen in sportlicher Hinsicht die idealen Begleiter und gerne draußen an der frischen Luft, vorausgesetzt es regnet nicht. Wasser von oben ist den meisten Bulldoggen zuwider, obwohl sie oft nicht genug Wasser in Form von Seen, Bächen, Tümpeln oder auch nur schlammigen Pfützen bekommen können. Der darauffolgende Gang unter die Dusche ist hingegen weniger beliebt. Spaziergänge und nicht allzu lange Wanderungen mit angemessenen Pausen zwischendurch machen sie gerne mit, brauchen aber ab und zu die Muse einen Busch oder Baum genau zu beschnüffeln, oder auf dem Rasen die Gänseblümchen zu betrachten. Oder sie setzen sich auf einen Grasbüschel, von wo aus sie eine Weile die Umgebung beobachten. Bulldoggen sind leidenschaftliche Beobachter. Sie sind die Menschen unter den Hunden und passen sich im Lauf der Zeit ihren Menschen sehr gut an. Es kann aber auch sein, dass es umgekehrt ist.

Leider ist das Leben mit Hunden im Allgemeinen und mit Bullys im Besonderen nicht immer nur eitel Sonnenschein. Es gibt öfter mal Missverständnisse im

Zusammenleben von Mensch und Hund, die sich jedoch mit gutem Willen von Seiten des Menschen und der Zuhilfenahme von einschlägiger Literatur oder eines guten Hundetrainers beheben lassen.

Wie bei allem bei dem der Mensch versucht Gott zu spielen weil er sich einbildet er könnte es besser, haben Rassehunde oft einige Schwachstellen. Besonders die französische Bulldogge stand lange Zeit ziemlich oben in der Skala der Qualzucht. Inzwischen setzen sich aber doch viele Züchter ernsthaft dafür ein diese so liebenswerte Hunderasse gesünder zu machen. Dennoch steht den verschiedenen Bullyrassen noch ein weiter Weg zum rundum gesunden Hund bevor.

Jeder liebende Hundebesitzer hofft natürlich, dass sein Hund möglichst alt wird und dabei gesund und fit bleibt. Wie bei allem was lebt gibt es dafür jedoch keine Garantie. Und irgendwann kommt unvermeidlich der Tag an dem unsere Lieblinge uns für immer verlassen. Manchmal geschieht es das sie schon in jungen Jahren oder in der Blüte ihres Lebens gehen müssen. Dann fragt man sich warum das geschah und warum es ausgerechnet uns und unser Tier treffen musste. Doch auch wenn sie ein langes Hundeleben an unserer Seite verbrachten so ist es dennoch immer zu früh wenn sie uns schließlich verlassen. Wir hadern mit dem Schicksal und möchten nie mehr ein Tier, weil es so unglaublich schmerzhaft ist sie wieder gehen zu lassen. Doch dann kommt der Tag an dem man merkt es geht nicht ohne Hund und man beginnt mit der Suche nach dem Bully, der uns unsere Traurigkeit vergessen läßt. Er erobert unser Herz in Windeseile und zeigt uns dass das Leben ohne eine Bulldogge an der Seite nur halb so lebenswert war.

Auch Helga und ich haben alle diese Situationen mit unseren Bullys schon durchgemacht. Wir haben sie mit viel Liebe großgezogen, so wie Cher, Rosi, Bela und Ferdinand. Oder sie aus dem Tierschutz übernommen und aufgepäppelt wie Luna, die ausgediente Vermehrerhündin, oder Jacqui, den seine Familie nicht mehr haben wollte und der sofort weg musste, weil er sonst ins Tierheim gesteckt würde. Sie alle erfuhren bei uns was ein gutes Hundeleben ist und was es heißt geliebt zu werden. Wir haben ihnen allen unsere ganze Liebe geschenkt und sie uns ihr Herz, wir haben über sie gelacht und um sie geweint. Nur eines wird niemals geschehen – wir werden keinen von ihnen jemals vergessen.

Kapitel 1:
Zuerst gab es Tinka, Cäsar und Cher

Als ich Helga zum ersten Mal traf hatte ich nur wenige Tage zuvor Tinka zu mir geholt. Erst zwei Monate zuvor musste ich meine geliebte Katze Niki gehen lassen, sie war über sechzehn Jahre alt gewesen. Zum Ende ihres Lebens war sie blind und taub und konnte wegen einer schweren Arthritis nur mehr sehr schwer laufen. Der Tod war eine Erlösung für sie, auch wenn es mir das Herz brach.

Es regnete in Strömen als ich mich gemeinsam mit meiner Schwester und meiner Nichte auf den Weg machte um mir ein neues, noch junges, Kätzchen zu holen. Doch leider hatte das private Tierheim an diesem Tag geschlossen, so dass wir zum städtischen Tierheim fuhren. Dort gab es zu dem Zeitpunkt jedoch keine kleinen Kätzchen. Da ich eine Wohnungskatze suchte bot man mir an mich unter denen umzuschauen. Es waren jedoch nicht viele Katzen da, die sich für eine reine Wohnungshaltung eigneten.

In einem kleinen Gehege, in dem es neben einem Lammfell und einem Katzenklo nur je eine Schüssel für Futter und Wasser gab, saß eine schwarzweiße Katze, die uns aus Augen, die nur aus schwarzen Pupillen zu bestehen schienen, total verängstigt anstarrte. Als wir uns näherten verschwand sie blitzschnell unter dem Lammfell. In einem etwas größeren Gehege mit Kratzbaum saßen zwei Katzen, die jedoch nur gemeinsam vermittelt wurden. Vom letzten Kandidaten, einem rotgetigerten Kater, riet uns die Tierpflegerin ab, da er total kratzbürstig sei. So blieb also nur die schwarzweiße Katze übrig, die immer noch unter dem Lammfell versteckt ausharrte.

Sie wäre bereits als Baby ins Tierheim gekommen, hätte schon einige Krankheiten gehabt, sei etwa ein Jahr alt und hätte ihr Gehege noch nie verlassen, verriet uns die Pflegerin. Außerdem könne man nicht mit ihr kuscheln, weil sie das nicht kannte und sie sollte unbedingt als Einzeltier gehalten werden.

Tolle Voraussetzungen, dachte ich bei mir, und war etwas enttäuscht, diese Katze war das genaue Gegenteil von dem was ich suchte. Trotzdem flüsterte mir meine innere Stimme zu ich solle sie mitnehmen. Also sagte ich zu der Pflegerin ich wolle diese Katze.

Die Frau schien zwar einesteils froh zu sein diese Katze zu vermitteln, schaute aber nicht sehr glücklich drein. Warum merkte ich als sie versuchte das scheue Tier zuerst unter ihrem Fellversteck herauszuziehen, um sie dann aus ihrem Gehege heraus und in meine Transportbox hinein zu bekommen. Die Katze wehrte sich mit allen Kräften, kratzte, biss, fauchte und krallte sich zuerst an den Oberschenkeln meiner Nichte und danach am Gitter fest. Aber letztendlich schafften wir es mit vereinten Kräften sie in meine mitgebrachte Box zu verfrachten. Nachdem ich auch noch die Gebühr von hundertfünfzig Euro bezahlt hatte, konnte ich die Katze endlich mit nach Hause nehmen.

Schon die Nacht davor, im Schlaf, kam mir ein Name in den Sinn: „Tinka". So sollte sie heißen und so war es dann auch.

Da ich gelesen hatte man solle Katzen zur Eingewöhnung zuerst in einem kleinen Raum halten, stellte ich, zuhause angekommen, die Katzenbox im Badezimmer ab. Ich wollte sie ein paar Tage dort lassen um sie dann nach und nach an die restliche Wohnung zu gewöhnen.

Nachdem ich das Türchen der Box geöffnet hatte setzte ich mich auf den Boden und sprach leise mit Tinka bis sie sich beruhigte und vorsichtig die Box verließ. Nachdem ich weiter sanft auf sie einsprach ließ sie sich sogar streicheln und kam in meine Arme. So vertraut verbrachten wir etwa zwei Stunden miteinander und ich wähnte sie bereits zahm.

Weil sie das Badezimmer nicht freiwillig verließ nahm ich sie ein paar Tage später auf den Arm und trug sie ins Wohnzimmer, was sich jedoch als fataler Fehler erwies. Sie reagierte in dem unbekannten Raum total panisch, wand sich aus meinen Armen und sprang auf die Bar, wo sie erst einmal zwei Sektflöten zu Boden warf. Danach rannte sie aus dem Wohnzimmer in den Flur, wo sie blitzschnell die Wand erklomm und sich auf die Garderobe flüchtete, von der sie kurz darauf wieder heruntersprang um zurück ins Badezimmer zu eilen, wo sie sofort in ihrem sicheren Katzenkorb verschwand.

Nachdem mein erster Schreck verflogen war dachte ich bei mir, dass die Dame vom Tierheim wohl doch nicht so ganz Unrecht gehabt hatte was Tinkas Panikattacken betraf. Fortan ließ ich die Badezimmertür einfach einen Spalt offen und wartete darauf, dass Tinka irgendwann freiwillig heraus kam. Das war nach etwa zwei Wochen der Fall. Von dem Zeitpunkt an wurde es von Tag zu Tag besser und irgendwann hatte ich dann endlich die Schmusekatze, die ich mir gewünscht hatte.

Damals wohnte ich noch in meinem Elternhaus und pendelte an den Wochenenden zu meiner neuen Freundin Helga, die in einem anderen Ort wohnte. An einem Montagmorgen rief mich mein Vater um fünf Uhr in der Früh dort an um mir zu sagen, dass Tinka verschwunden sei. Wahrscheinlich, so meinte er, sei sie vom Balkon gesprungen. Ich hatte damals Zuhause den ganzen ersten Stock für mich und Tinka hatte den Balkon bisher eigentlich nie genutzt. Genauso hatte sie nie auch nur ansatzweise versucht das Haus zu verlassen. Sie war immer noch sehr ängstlich, deshalb konnte ich gar nicht glauben, dass sie tatsächlich vom Balkon gesprungen sein sollte.

So schnell ich konnte fuhr ich nach Hause. Dort angekommen begann ich sofort im Garten mit der Suche und rief ständig Tinkas Namen. Als sich nichts rührte setzte ich mich aufs Fahrrad und fuhr die umliegenden Straßen ab, immer wieder ihren Namen rufend. Leider ohne Erfolg. Schon ganz mutlos ging ich nochmals durch unseren Garten und da saß sie, mitten im Kartoffelfeld, und schaute mich aus ihren gelben Augen an. Mir fiel ein Stein vom Herzen, ich ging zu ihr nahm sie auf den Arm und trug sie nach oben. Sie war total durcheinander und ihre Pfötchen waren wund. Deshalb brachte ich sie vorsichtshalber zum Tierarzt, der verbrennungsähnliche Abschürfungen an ihren Pfoten feststellte.

Außerdem hatte sie Prellungen am ganzen Körper die sicher schmerzhaft, laut dem Tierarzt, aber nicht gefährlich waren und schnell verheilen würden.

Ich vermutete dass Tinka einen Vogel jagen wollte und

dabei vom Balkongeländer abgerutscht war. Wahrscheinlich hat sie noch versucht sich am glatten Holz des Geländers festzukrallen, konnte sich aber nicht halten und ist schließlich abgestürzt. Auf jeden Fall wollte sie nach diesem Erlebnis überhaupt nicht mehr nach draußen.

Überhaupt war sie etwas eigen. So duldete sie Zeit ihres Lebens keine Teppiche oder Vorleger in der Wohnung oder auf dem Balkon. Lag etwas auf dem Boden konnte ich mir sicher sein, dass sie es markierte. Schließlich verzichtete ich, nach unzähligen vergebenen Versuchen, ganz darauf Teppiche oder dergleichen in der Wohnung zu haben. Das seltsame war ja, dass sobald ich den Vorleger dann auf einen Stuhl auf den Balkon gab, sie sich sofort darauf legte und diesen Platz dann als ihren betrachtete und niemand anderer dort sitzen durfte.

Als Helga und ich uns später eine gemeinsame Wohnung nahmen kam Tinka natürlich mit. Doch wie ich schon befürchtet hatte waren der Umzug und die unbekannte Wohnung der reinste Horror für sie. Zumal mit Helga auch Cher bei uns einzog, ihre französische Bulldogge.

Außerdem kam auch noch öfter Cäsar übers Wochenende zu Besuch, der Chihuahua von Helgas Mutter, wenn diese am Wochenende arbeiten musste. Beide Hunde waren zwar absolut verträglich mit Katzen, Tinka dagegen kannte Hunde überhaupt nicht und war von den neuen Mitbewohnern gar nicht begeistert.

Sobald ich sie nach dem Umzug aus ihrer Box ließ lief sie schnurstracks ins Schlafzimmer, verkroch sich unter meinem Bett und kam die nächsten zwei Wochen nicht mehr heraus. Notgedrungen stellte ich ihr das Katzenklo und ihren Futter- und Wassernapf ebenfalls ins Schlafzimmer.

Doch immer konnte sie dort ja nicht bleiben. Deshalb nahm ich sie eines Tages auf den Arm, trug sie ins Wohnzimmer und setzte sie auf dem Boden ab. Neben dem Holzofen, ihrem Lieblingsplatz, schlief Cher in ihrem Körbchen. Wie sie es gern hatte, war sie mit einer Decke zugedeckt und schnarchte laut. Da Cher noch nie Probleme mit Katzen gezeigt hatte, war ich unbesorgt.

Tatsächlich zeigte sich Tinka an dem schnarchenden Deckenhaufen interessiert und schnupperte vorsichtig daran. Als Cher sich jedoch darunter bewegte, lief sie eilig wieder weg. Doch sie bemerkte bald, dass Cher keinerlei Interesse an ihr hatte, Das machte sie schnell mutiger, sodass sie fortan auf der obersten Etage ihres Kratzbaums thronte der im Wohnzimmer stand und auf dem sie sich sicher fühlte. Von da herunter fauchte sie Cher und Cäsar warnend an, wenn die mal zu ihr hochschauten. Nachdem sie sich jedoch sicher war, dass die Beiden ihr nichts Böses wollten, war der Bann gebrochen und Tinka in der neuen Wohnung endlich angekommen.

An einem nasskalten Novembertag brachte Helga dann eine kleine schwarze Katze mit heim, die sie unterwegs aufgelesen hatte. Wieso sie mutterseelenallein in der Kälte saß blieb das Geheimnis der Kleinen, die höchstens sechs bis acht Wochen alt sein konnte.

Unter unserer Wohnung befand sich ein Hotel und wir waren uns ziemlich sicher, dass die kleine Katze von der Belegschaft, die nur während der Sommersaison dort arbeitete, angefüttert und dann einfach zurück gelassen worden war. Gerne hätten wir die kleine Findelkatze behalten und hegten die Hoffnung Tinka würde sie als Gefährtin akzeptieren. Doch das war, wie wir sehr schnell feststellen mussten, leider nicht der Fall.

Tinka kletterte bei ihrem Anblick sofort auf ihren Kratzbaum und fauchte von dort oben jeden an, der ihr nahe kam. Sie war stocksauer über die neue Mitbewohnerin und zeigte uns deutlich, dass sie Einzelkatze bleiben wollte.

Schweren Herzens suchten wir also eine neue Bleibe für die kleine Katze. Die fand sich zum Glück bald und heute lebt Suki bei meiner Schwester und ihrer Tochter Natascha, die das Kätzchen adoptiert haben.

Cäsar, der langhaarige Chihuahua, war ursprünglich einmal Helgas Hund gewesen. Da sie ihn aber während ihrer Studienzeit nicht mitnehmen konnte, gab sie ihn zu ihrer Mutter in Pflege. Das hatte jedoch zur Folge dass Cäsar sich sehr an seine Pflegemama gewöhnte und dort nicht mehr weg wollte. Im Gegensatz hatte sich auch Helgas Mutter so in den kleinen Charmeur verliebt, dass sie ihn nur sehr ungern wieder hergegeben hätte. Also hatte Helga ihren Cäsar schweren Herzens bei ihrer Mutter gelassen.

Doch ohne Hund fühlte sie sich einsam, deshalb hatte sie sich auf die Suche nach einem neuen besten Freund gemacht. Eigentlich war eine englische Bulldogge ihr

Favorit gewesen. Doch Internet hatte sie damals noch nicht und es wurden weder in der Zeitung, noch in den Hundezeitschriften, englische Bulldoggen angeboten. Dafür fand sie jedoch eine Anzeige in der französische Bulldoggen angeboten wurden. Diese Rasse kannte sie zwar nicht, sie vermutete aber, dass sie vielleicht der englischen Bulldogge ähnlich sei und rief einfach mal dort an.

Die Züchterin lud sie daraufhin ein sich die Welpen doch einmal unverbindlich anzusehen. Helga nahm die Einladung gerne an und besuchte kurz darauf die kleine Bullyfamilie. Dort sah sie Cher und verliebte sich auf den ersten Blick in sie. Nur zwei Wochen später zog die kleine Knautschnase bei ihr ein. Woraus wir lernen nie, wirklich absolut nie, süße Welpen „nur einmal unverbindlich anschauen" zu gehen!!!

Kaum eingezogen machte Cher Helga schon bald unmissverständlich klar dass französische Bulldoggen etwas anders ticken als andere Hunde. Obwohl noch klein war sie ein sehr eigenständiger Hund mit einem starkem Willen, der nicht immer mit den Vorstellungen ihres Menschen konform ging.

So machte sie trotz vorhandenem Garten ihr Geschäft ungerührt in die Wohnung, wenn sie gerade nicht raus wollte weil es regnete. Auch war sie unglaublich verfressen und Helga musste schnell lernen absolut nichts liegenzulassen was irgendwie essbar war, denn Cher fraß einfach alles was sie fand. Auch vor für Hunde gefährlichen Lebensmitteln wie Schokolade und Weintrauben machte sie nicht Halt und verleibte sie sich ein, was jedoch zu ihrem Glück nicht zu Schäden führte.

Sogar scharfe Peperoni oder Chili verschlang sie, ohne mit der Wimper zu zucken.

Kritisch wurde es als sie eine Packung mit starken Schmerz-Tabletten fand und fraß. Danach spielte sie eine Zeitlang völlig verrückt und verwüstete in ihrem Drogenrausch die Wohnung, doch Gott sei Dank machte ihr das Medikament sonst nichts aus. Ganz im Gegenteil, hatte es sogar eine heilsame Wirkung auf ihre Zerstörungswut.

Denn bis dahin war vor der der kleinen Bulldogge einfach nichts sicher gewesen. Seit sie bei Helga eingezogen war hatte Cher so ziemlich alles angenagt, was ihr zwischen die Zähne kam. Weder vor Möbeln noch vor jeglichen Gebrauchsgegenständen machte sie Halt. Das hörte jedoch schlagartig auf nachdem sie von den Tabletten genascht hatte. Wieso bleibt ein Rätsel, aber vielleicht brachte sie ihre starke Übelkeit nach dem Tablettenverzehr mit ihrer Zerstörungssucht in Verbindung. Egal. Auf jeden Fall hat sie seither nichts mehr kaputt gemacht.

Aber nicht nur dass Cher so ziemlich alles fraß und nicht einmal vor scharfen Gewürzen zurückschreckte, war sie auch alkoholischen Getränken nicht abgeneigt und schleckte heimlich deren Reste genüsslich aus den Gläsern. Es gab wirklich kaum etwas was sie für nicht genießbar hielt.

Bevor ich Helga traf kannte ich mich mit Hunden nur wenig aus. Meine Eltern waren Hunden gegenüber eher abgeneigt, so dass ich selten Kontakt zu diesen Tieren hatte, was meiner Sehnsucht irgendwann trotzdem einen Hund mein eigen zu nennen keinen Abbruch tat. So ging ich zu dieser Zeit oft mit einem Schäferhund Gassi. Er war tagsüber immer allein und der Besitzer erlaubte mir dass ich ihn ausführte.

Eine französische Bulldogge war mir bis dahin jedoch völlig fremd gewesen. So entfuhr mir, als ich Cher das erste Mal sah, der wenig schmeichelhafte Satz: „Na, eine Schönheit ist die ja nicht gerade." Woraufhin Helga, auch ganz zu Recht, gekränkt war.

Ich war, beziehungsweise bin, so wie man bei uns sagt, immer ein „grader Michl" – also nehme mir, privat zumindest, selten ein Blatt vor den Mund. Deswegen auch obiger Ausspruch, obwohl ich sofort gemerkt hatte, dass ich da ein wenig über das Ziel hinaus geschossen hatte.

Natürlich erkannte ich schon bald, dass Cher eine einzigartige und trotz, oder gerade wegen ihrer vielen Schrullen, äußerst liebenswerte Hündin war. Durch sie lernte ich diese Rasse schnell kennen und lieben. Nur an eines konnte ich mich einfach nicht gewöhnen: Cher schnarchte so laut, dass es mir unmöglich war in einem Zimmer mit ihr zu schlafen. Ich tat einfach kein Auge zu, sodass Helga Cher schließlich schweren Herzens aus unserem Schlafzimmer verbannte.

Andererseits war Cher ein Hund den einfach nichts aus der Ruhe brachte, sie wurde nie hibbelig und bestand auch nie darauf spazieren zu gehen. Hatten wir mal keine Zeit für sie, so legte sie sich auf ihren Lieblingsplatz und schlief. Überhaupt war schlafen ihr großes Hobby, nur ihre pünktlichen Mahlzeiten waren ihr noch wichtiger. Sie konnte auch problemlos mal zwölf und mehr Stunden ihre Geschäfte zurückhalten, vor allem wenn es draußen regnete.

Für andere Hunde interessierte Cher sich kaum und auch nicht für Katzen. Sie lebte zwar mit Tinka zusammen, ignorierte sie aber meist völlig. Anders war es allerdings wenn wir unterwegs auf eine Katze trafen, die vor ihr weglief. Dann packte sie der Jagdeifer und sie wollte hinterher.

Eines Abends trafen wir beim Spaziergang auf eine Katze, die prompt vor Cher davonlief. Diese spurtete natürlich hinter ihr her, doch bevor sie sie einholte sprang die Katze mit einem gewagten Satz auf einen ziemlich hohen Holzzaun, schaffte es aber nicht richtig darüber und pendelte dann zum Glück in einer Höhe, die Cher nicht erreichen konnte, daran. Es war für uns extrem lustig anzusehen und wir lachten herzhaft über den Anblick.

Ein andermal gingen wir mit Cäsar und Cher spazieren, als wir auf kleine spielende Kätzchen trafen. Cher lief hin um sie zu beschnuppern, dabei übersah sie aber völlig dass die Mutterkatze in der Nähe wachte. Diese raste fauchend auf Cher zu, sprang ihr auf den Rücken und krallte sich dort fest. Cher war zu Tode erschrocken und versuchte die Last abzuschütteln. Doch die Katze ließ erst von ihr ab als wir sie verscheuchten. Gelernt hat Cher aber aus solchen Situationen nichts, immer wieder lief sie hinterher wenn sie eine Katze nur von weitem sah. Sie war halt ein richtiger Bully, vergesslich, was negative Erlebnisse anging, und in vielerlei Hinsicht einfach lernresistent.

Kapitel 2:
Wandern mit Cäsar und Cher –
immer ein Erlebnis

Cäsar

Cher

Ein Gefühl wie Schuldbewusstsein kannte Cher nicht und manchmal konnte sie sogar richtig boshaft sein.

So zum Beispiel als wir mit ihr und Cäsar Urlaub in Tirol machten. Wir durchquerten während einer langen Wandertour eine Moorlandschaft und waren schon zwei, drei Stunden unterwegs und Chers Laune war dementsprechend schlecht. Ihrer Meinung nach war es völlig unsinnig stundenlang durch die Gegend zu laufen, was sie durch ständiges Gegrummel kundtat. Cäsar hingegen liebte lange Wanderungen, mal hier und mal da schnüffelnd lief er uns voraus und hob ab und zu sein Beinchen, um nachfolgenden Hunden anzuzeigen, dass er hier gewesen war. Im Unterschied zu Cher musste er allerdings auch viel weniger an Gewicht tragen, leicht wie eine Feder überwand er jedes Hindernis.

Unterwegs mussten wir über einen etwa zwanzig Zentimeter schmalen Holzsteg laufen, Cäsar lief wie immer voran. Da nahm Cher plötzlich hinter ihm Fahrt auf, rannte rücksichtslos an ihm vorbei und schubste den kleinen Cäsar mit einem Schlenker ihres dicken Hinterns vom Steg ins Wasser. Zu seinem Glück war es nicht tief und Helga zog ihn gleich wieder heraus. Trotz ihres unfairen Verhaltens mussten wir lachen, weil das so typisch für Cher war.

Das gleiche Manöver versuchte sie danach nochmals als wir ein Flüsschen überquerten. Doch diesmal war Cäsar auf der Hut und da er sehr wendig war, entging er Chers Attacke ohne ins Wasser zu fallen.

Cher provozierte beim Spaziergang auch gerne mal fremde Hunde, gab es dann Ärger machte sie sich schnell aus dem Staub und überließ es Cäsar die Situation zu klären. Cäsar revanchierte sich für ihre kleinen Bosheiten indem er immer mal so tat als hätte er etwas sehr tolles entdeckt. Er beschnüffelte dann gründlich eine Stelle am Boden weil er genau wusste Cher kam dann sofort angelaufen um ihm das, was immer er auch gefunden haben mochte, streitig zu machen. Wenn sie dann eine ganze Weile angestrengt nach dem vermuteten Schatz suchte, lief Cäsar weiter ungerührt seines Weges und es sah aus als grinse er in sich hinein.

Auf einer weiteren Wandertour mit Cäsar und Cher mussten wir einen etwas breiteren Bach überqueren. Er war nicht sehr tief, vielleicht zwanzig bis dreißig Zentimeter, floss aber sehr rasch. Ein Steg war weit und breit nicht in Sicht. Da wir wussten wie sehr unsere Diva es hasste wenn ihr das Wasser über den Bauch ging, kam ich mit Helga überein Cher auf die andere Seite zu tragen. Aus dem Bachbett ragten ein paar größere Steine, so dass man mit etwas Geschick trockenen Fußes das andere Ufer erreichen konnte.

Gesagt, getan. Ich machte mich zuerst auf den Weg, da ich unseren schweren Rucksack trug. Drüben angekommen legte ich ihn ab und ging über die Steine zurück um Cher zu holen. Mit ihren vierzehn Kilo war sie nicht gerade ein Leichtgewicht, doch ich brachte sie sicher zur anderen Seite und setzte sie neben dem Rucksack ab. Als nächsten holte ich Cäsar, der zwar nicht wasserscheu war wir aber Angst hatten das Fliegengewicht würde vielleicht von der Strömung mitgerissen werden. Als letzte war Helga dran, ich stapfte erneut durch den Bach um sie abzuholen. Sie ist an solchen Stellen nicht ganz trittsicher und fühlt sich auf glitschigen Steinen sicherer wenn ich sie führe.

Wir hatten gerade gemeinsam die Hälfte des Baches überwunden da kam uns auf einmal Cher entgegen, sich tapfer durch die Fluten kämpfend hüpfte sie von Stein zu Stein. Mich völlig ignorierend watete sie bis zu ihrem Frauli, wo sie kehrtmachte um uns danach ganz selbstverständlich zum Ufer zu begleiten.

Zu uns, ihren Menschen, war Cher sehr liebenswürdig, meist zumindest. Sobald sie sich jedoch über etwas ärgerte ging sie auch schon mal ins Extreme. Etwa, indem sie pupste. So wie auf einem Ausflug mit dem Auto, auf den wir sie und Cäsar im Winter mitnahmen. An einem Stausee hielten wir kurz an um Fotos zu machen. Es war ziemlich kalt, nur etwas über null Grad, und deshalb beschlossen wir die Hunde für die paar Minuten im warmen Auto zu lassen. Das war von uns gut gemeint, entpuppte sich aber im Nachhinein als ein großer Fehler, da Cher unbedingt mit uns kommen wollte. Sie schrie uns ihren Protest laut hinterher, etwas, was sie besonders gut konnte. Deshalb beeilten wir uns, schossen nur schnell ein paar Fotos und gingen dann gleich wieder zum Auto zurück. Cher schrie nicht mehr und als wir uns hineinsetzten merkten wir sofort warum. Aus Zorn hatte sie gepupst, das konnte sie, wann immer sie es für nötig hielt. Wir dachten wir müssten sterben. Wer einmal den Pups einer Bulldogge gerochen hat, weiß wovon ich rede. Es stank fürchterlich, doch anstatt schuldbewusst war Cher beleidigt und drehte uns demonstrativ den Hintern zu. Das tat sie immer wenn sie auf uns sauer war.

Doch an diesem Tag sollte es für sie noch dicker kommen. Wir fuhren die letzten Kilometer bis zu unserem Ziel mit offenem Fenster und gewöhnten uns so schon ein wenig an die Kälte. Wir hatten für diesen Tag eine größere Tour vor und leider wurde sie noch viel größer als geplant, weil wir uns verliefen.

Plötzlich standen wir mitten im Nirgendwo, alle bereits müde, weil wir schon fünf Stunden unterwegs waren. Den Weg, der zurück zum Auto führte, konnten wir zwar ein paar Meter unter uns sehen, doch es trennte uns ein fast undurchdringliches Gestrüpp davon. Was also tun? Entweder nochmals fünf Stunden zurücklaufen oder querfeldein durch die Hecken und Büsche. Nach kurzem beratschlagen entschlossen Helga und ich uns für den kurzen Weg quer durch die Wildnis.

Ich ging voran um den Weg zu bahnen, Helga und die Hunde hielten sich immer tapfer hinter mir. Nachdem wir das Dickicht endlich durchdrungen hatten kamen wir an ein kleines Bächlein und die arme Cher legte sich vor lauter Erschöpfung trotz der kühlen Temperatur einfach hinein.

Knapp acht Stunden nach unserem Aufbruch kamen wir endlich am Auto an, alle waren wir sehr erschöpft doch zumindest Helga und ich auch glücklich, dass wir alle den Ausflug heil und gesund überstanden hatten und endlich heimfahren konnten.

Die Hunde legten sich im Auto sofort hin und schliefen erschöpft ein. Und in den folgenden Tagen litten wir alle vier unter starkem Muskelkater, der sich bei Cher so auswirkte, dass sie sich zum Pipi machen nicht mehr hinhocken konnte sondern setzen musste. Dabei schaute sie uns jedes Mal mit solch einem anklagendem Blick an, dass sie uns wirklich leid tat.

Leider entwickeln Helga und ich auf unseren Wanderungen öfter das zweifelhafte Talent vom Weg abzukommen, selten sogar mal gewollt, weil man dann oft die schönsten Plätze findet, meist jedoch ungewollt. So auch bei unserer nächsten Tour.
Wieder waren wir mit Cher und Cäsar in den Bergen unterwegs. Mit dem Auto fuhren wir bis zum Parkplatz um dann gemütlich mit der Gondel nach oben zu fahren. Auf dem Berg angekommen entschieden wir uns für einen Rundweg, der uns sicher wieder zur Gondel zurückführen würde. Wir waren bereits eine Weile unterwegs als das Wetter umschlug, ein Gewitter kündigte sich mit dunklen Wolken und vereinzeltem Donnergrollen und Blitzen an. Da wir nicht nass werden wollten entschieden wir uns spontan für einen anderen Weg, der eine Abkürzung versprach. Er führte uns entlang eines Wandersteigs und sah auf der Karte eigentlich ganz harmlos aus. Bis wir plötzlich vor einem etwa vier Meter tiefen, steilen Abhang standen, der in unserer Karte nicht eingezeichnet war. Guter Rat war teuer. Auf der einen Seite war da Helga mit ihrer Höhenangst, auf der anderen Cäsar und Cher, für die es unmöglich war den steilen Abhang zu überwinden, ohne sich dabei die Hälse zu brechen. Umkehren war auch keine Option, denn das Unwetter kam immer näher.

Also blieb es wieder einmal an mir hängen meine drei Begleiter sicher den Abhang hinunter zu bringen. Ich kletterte also mit dem Rucksack auf dem Rücken nach unten und legte ihn dort ab. Dann kraxelte ich wieder hoch um zuerst Cher zu holen. Zum Glück habe ich kräftige Arme, die ich meinem jahrelangen Eishockeytraining verdankte. Cher, die zum Glück nicht zappelte, mit einem Arm haltend, hangelte ich mich mit der anderen Hand hinunter. Dort setzte ich sie neben dem Rucksack ab und kletterte erneut nach oben um Cäsar zu holen. Das gefiel Cher jedoch überhaupt nicht, sie fühlte sich alleingelassen und schrie mir ihre Empörung in jenem Singsang hinterher, der nur Bullys zu eigen ist. Trotz der Anstrengung musste ich darüber lachen.

Nachdem ich auch Cäsar nach unten gebracht hatte beruhigte sie sich, so dass ich ein letztes Mal hinaufkraxeln konnte um Helga beim Abstieg behilflich zu sein. Zeit zum Ausruhen blieb mir danach nicht, denn es begann bereits zu regnen und Blitz und Donner kamen bedrohlich schnell näher. Wir beeilten uns zur Gondelstation zu kommen, schafften es jedoch nicht, denn das Unwetter war schneller als wir. Bereits nach wenigen Sekunden waren wir alle klitschnass, das Rennen nutzte nun auch nichts mehr, weshalb wir unseren Weg im normalen Tempo fortsetzten.

Helga und ich nahmen es mit Humor und auch Cäsar lief stoisch durch den Regen. Nur Cher war stocksauer über die Wasserflut von oben. Ganz gegen ihre Gewohnheit eilte sie vor uns her, auf der Suche nach einem trockenen Unterstand. Den fand sie auch in

Form einer hölzernen Bank. Sie rannte darauf zu und stellte sich darunter, nur um feststellen zu müssen dass sie immer noch nass wurde, weil die Sitzfläche der Bank nicht mehr da war. Es war ein Anblick den wir nie vergessen werden, wie Empörung und aufkeimender Zorn in Chers Augen aufblitzte. Natürlich mussten wir darüber lachen, was sie uns sehr übel nahm. Wie sehr zeigte sie uns als wir endlich in der Gondel saßen. Sie hüllte uns in den stinkenden Dunst eines Bullyfurzes ein und wir waren sehr froh, dass wir die Gondel nicht mit fremden Menschen teilen mussten.

Für Cher waren wir für den restlichen Tag quasi nicht mehr vorhanden. Zwar ließ sie sich gnädig trocken rubbeln, würdigte uns aber keines Blickes dabei. Zu Hause verzehrte sie selbstverständlich ihre Futterportion, auf die verzichtete sie niemals, um sich danach demonstrativ in ihr Körbchen zu verziehen. Natürlich mit uns zugewandtem Rücken. Für sie war der Tag gelaufen.

Bei einem weiteren Urlaub unternahmen wir eine Tour, die uns zu den sieben Seen führte. Cher war, wie nicht anders zu erwarten, nicht besonders begeistert. Am fünften See angekommen legten wir eine Pause ein, die unsere Cher sofort dazu nutze sich hinzulegen und zu schlafen. Dabei schnarchte sie so laut, dass sich vorübergehende Wanderer belustigt nach uns umdrehten. Ihr Lachen störte unseren müden Hund aber keinesfalls beim Schlafen.

Nachdem wir die sieben Seen umwandert hatten, kamen wir endlich wieder in unserem Gasthof an. Cher stieg etwas schwerfällig hinter Helga die Stufen hoch, da unser Zimmer sich im oberen Stock befand. Ich blieb ein Stockwerk tiefer vor einer Wanderkarte stehen um für den nächsten Tag eine interessante Strecke auszusuchen. Deshalb rief ich Helga zu sie solle doch bitte noch einmal runterkommen. Die arme Cher, die wieder einmal Muskelkater vom Laufen hatte, dachte vermutlich sie müsse ebenfalls nochmal runter. Das wollte sie auf keinen Fall, weshalb sie fürchterlich zu schreien anfing und sich erst beruhigte, als wir in unserem Zimmer angekommen waren.

Im selben Urlaub kamen wir auf unseren Früh- und Abendrunden immer an einem Schweinestall vorbei. Cher interessierte sich aber kaum für die grunzende Sau hinter dem Zaun. Das änderte sich sofort als Helga damit begann, dem Schwein jedes Mal einen Apfel mit- zubringen. Seither erwartete uns das Tier bereits und kam angerannt, um den Apfel in Empfang zu nehmen und genüsslich zu verspeisen. Von dem Moment an hasste Cher das Schwein, denn wenn sie etwas über- haupt nicht leiden konnte dann wenn es etwas zu Fres- sen gab, sie aber nichts davon abbekam.

Während eines Winterausflugs mussten wir einen ziemlich vereisten Weg hinauflaufen. Der leichte Cäsar bewältigte das in der für ihn üblichen, tänzelnden Gangart mühelos. Cher folgte nicht ganz so leichtfüßig und mürrisch vor sich hin grummelnd. Sie hasste Schnee und wäre lieber zu Hause geblieben. Um sie ein wenig zu foppen formte Helga einen Schneeball und ließ ihn den Weg hinunter rollen.

Cäsar ließ sich nicht dazu hinreißen ihm zu folgen, er erkannte die Tücke des vereisten Weges. Nicht so Cher, sie lief dem Schneeball ohne Zögern hinterher und es kam wie es kommen musste: Sie kam ins Rutschen und schlitterte auf dem Rücken liegend den ganzen Weg wieder nach unten. Da sie sehr robust war machte ihr die unfreiwillige Rutschpartie nichts aus. Aber ihr Zorn und ihre Nichtbeachtung waren uns für den Rest des Tages wieder einmal sicher.

Cäsar war der weitaus unkompliziertere Teil unseres Gespanns und im Gegensatz zu Cher liebte er ausgedehnte Spaziergänge, das Wetter war ihm dabei egal. Deshalb nahmen wir ihn immer gerne zu unseren Wanderungen oder in den Urlaub mit. Doch an einem Tag ging es ihm nicht besonders gut, er hatte Durchfall und wollte nicht fressen.

Da wir im Zimmer keinen Kühlschrank hatten stand die Tasche, in der wir die Würstchen, Eier, den Käse und das Brot für den Ausflug am nächsten Morgen gelagert hatten auf dem kühlenden Boden.

Wir gingen früh schlafen, wurden aber in der Nacht durch eindeutige Schmatz Geräusche geweckt. Cäsar hatte seine Übelkeit ganz offensichtlich überwunden und Hunger bekommen. Deshalb hatte er sich kurzerhand an den Würstchen aus unserem Vorrat selbst bedient.

Bei einem Urlaub auf der Insel Cres in Kroatien war auch Helgas Mutter Brigitte dabei. Und da sie es nicht lassen konnte die Hunde mit allerlei kleinen Leckerbissen zu verwöhnen, hatte Cäsar sich ein wenig den

Magen verdorben. Was eigentlich nicht besonders schlimm gewesen wäre, hätte Brigitte nicht ein wahres Drama daraus gemacht. Vor Sorge um ihren Liebling konnte sie selbst nichts mehr essen und bot Cäsar fortwährend alle möglichen Wurstsorten und Leckerlis an, doch der drehte nur den Kopf zur Seite und rührte nichts davon an. Helgas Mutter war am Verzweifeln und wir dachten schon wir müssten den Urlaub abbrechen. Doch nach zwei selbst verordneten Fastentagen ging es dem kleinen Mann wieder bestens, so dass wir endlich unseren Urlaub genießen konnten.

Vor Weihnachten beschlossen wir abends mit Cher und Cäsar auf den Christkindlmarkt zu gehen. Es lag Schnee und wir hatten etwa vierzig Minuten zu gehen. Spaziergänge bei Regen oder Schnee hasste Cher, schlecht gelaunt schimpfte und grummelte sie während des ganzen Weges vor sich hin. Zu allem Übel fing es auch noch stark zu schneien an. Endlich auf dem Markt angekommen kauften wir uns heiße Maroni. Helga schälte eine für Cher, die Maroni liebte. Doch die war so sauer auf uns dass sie die Maroni zwar ins Maul nahm, sie uns aber dann vor die Füße spuckte. Wieder einmal war der Abend für sie gelaufen und wir bei ihr in Ungnade gefallen. Zu Hause angekommen legte sie sich dann beleidigt auf die Couch, drehte uns ihren Hintern zu und ignorierte uns geflissentlich.

Auch im Alltag gab es mit Cäsar und Cher immer wieder erheiternde Begebenheiten, besonders mit Cher. Obwohl sie selbst eigentlich überhaupt keinen Humor besaß, brachte sie uns durch ihre miesepetrige Art immer wieder zum Lachen. Auch wenn sie uns dann mit Nichtbeachtung oder Pupsen strafte. Oder auch mit Schlimmerem.

So etwa als Cäsar Probleme mit der Bandscheibe bekam. Damit seine Beinmuskulatur stärker wurde übten wir mit ihm das Treppensteigen auf einer kleinen Stiege, die er rauf und runter laufen sollte. Das gefiel ihm nicht so sehr, deshalb lockten wir ihn mit Erdnüssen, die er gerne fraß.

Cher, die wieder einmal etwas Gewicht reduzieren musste, saß missmutig auf der Couch und beobachtete ihn neidisch weil sie keine Nüsse bekam. Schließlich hüpfte sie herunter und verschwand in der Küche. Ich ging nachschauen was sie dort tat, denn eigentlich blieb sie immer im selben Raum wie wir. Als ich in die Küche kam traf mich fast der Schlag, denn ein fürchterlicher Geruch drang mir in die Nase. Ahnungsvoll ging ich dem Geruch nach und wurde unter der Küchenbank fündig. Cher hatte ganz hinten in der Ecke und unter dem Tisch einige sehr weiche Häufchen deponiert. Auch das war eine ihrer eigenen Fähigkeit, sie konnte nicht nur pupsen wenn sie zornig auf uns war, sondern wenn sie es für nötig befand, auch besonders weiche Haufen produzieren.

Cäsar war um einiges cleverer als Cher und trickste sie gerne mal aus. Etwa, wenn sie beide getrocknete Schweineohren bekamen. Sein Ohr weich zu kauen war ihm viel zu anstrengend. Er überließ es lieber Cher, es ihm mundgerecht vorzukauen.

Sobald sie ihr Schweineohr weich zu kauen begann, saß er in ihrer Nähe und schaute ihr scheinbar gelangweilt zu. Sein eigenes Schweineohr schien ihn überhaupt nicht zu interessieren. Nachdem er der Meinung war Cher habe ihr Ohr weich genug gekaut stand er auf, schlenderte nahe an ihr vorbei und schnappte es sich blitzschnell. Dann verschwand er damit in seinem Körbchen, um das labberige Ding genüsslich zu verzehren.

Cher schaute ihm etwas verdutzt hinterher, eilte aber dann sogleich zu dem verlassenen Schweineohr um es sich zu holen. Sie schien sich richtig darüber zu freuen es ihm gestohlen zu haben und machte sich erneut ans Werk. Das Cäsar sie ausgetrickst hatte kam ihr dabei gar nicht in den Sinn.

Manchmal wenn Cher keine Lust zu einem längeren Spaziergang hatte, täuschte sie ein Hinken vor und humpelte dann mit wahrer Leichenbittermiene neben uns her. Sobald sie jedoch etwas Interessantes sah vergaß sie sofort ihr Hinken und lief in ganz normaler Gangart darauf zu. Wenn es ihr wieder einfiel zu humpeln hatte sie jedoch meist vergessen, auf welchem Bein sie gehinkt hatte und humpelte den restlichen Weg auf einem anderen Bein.

An einem warmen Tag am See wollten wir einmal ausprobieren ob Cher überhaupt richtig schwimmen konnte. Wir wussten ja dass sie wasserscheu war und Regen hasste, aber auch dass sie gerne mal in seichtem Wasser herumplanschte. Doch schwimmen mochte sie scheinbar überhaupt nicht.

Um sie zu testen trugen wir sie ein Stückchen in tieferes Wasser, um sie zum Ufer zurückschwimmen zu lassen. Doch Cher ruderte nur zielstrebig immer geradeaus, natürlich in die falsche Richtung vom Ufer weg, weil sie anscheinend keine Kurve schwimmen konnte. Erst nachdem wir sie zurückgeholt und umgedreht hatten, paddelte sie eilig ans Ufer zurück.

Ein anderes Mal setzten wir sie auf einen Stein, der aus dem nicht sehr tiefen Wasser ragte. Doch anstatt zurückzuschwimmen blieb sie sitzen und fing an zu jammern. Weil wir nicht darauf reagierten verfiel sie schnell ihn ihren jaulenden Bullysingsang, so dass wir sie wieder von dem Stein abholten. Weil wir dabei lachten war sie schwer beleidigt und schaute uns nicht mehr an. Etwas später, Helga saß in ein Buch vertieft auf ihrer Liege, legte sich Cher zu ihr aufs Fußteil um zu schlafen. Das Fußteil der Liege stand jedoch nahe am Wasser und als Helga aufstand kippte die Liege um und Cher und das Buch landeten im Wasser. Damit war der Tag für sie wieder gelaufen und sie strafte uns mit Nichtbeachtung.

Wie schon erwähnt war Cher Alkoholischem nicht abgeneigt. Und in Schokolade versteckt, schmeckte es ihr noch besser. So pflückte sie an Weihnachten bei Helgas Mutter heimlich die kleinen mit Likör gefüllten Schokofläschchen vom Baum, packte sie sorgsam aus und verzehrte sie.

Helgas Mutter verdächtigte zuerst ihre Tochter, da diese die gefüllten Fläschchen auch sehr gerne mochte, bis sie Cher dann einmal auf frischer Tat ertappte.

Dass sowohl Schokolade als auch Alkohol für Hunde gefährlich werden konnte, kümmerte Cher nicht im Geringsten. Vielleicht funktionierte ihr Organismus einfach anders oder es lag daran, dass sie wirklich sehr robust war, auf jeden Fall zeigte sie nie auch nur ansatzweise Zeichen einer Vergiftung.

Kapitel 3:
Was für ein Hundeleben
(von Luna übermittelt)

Luna

Mein Name ist Luna. Ich bekam ihn von meinen beiden Fraulis Christine und Helga, nachdem sie mich adoptiert hatten. Davor war ich eine Vermehrerhündin, ein Hund ohne Namen und ohne Rechte, einzig dazu da für meinen Besitzer Welpen zu gebären. Die er mir jedoch immer viel zu früh weggenommen und an Menschen verkauft hat, die billig einen Rassewelpen erstehen wollten. Ich möchte euch mit meiner Geschichte klarmachen wie wir, die Mütter dieser Welpen, ausgebeutet und gequält werden. Ich will euch Menschen damit vor Augen führen wie sehr wir Vermehrerhunde leiden müssen, damit ihr einen süßen kleinen Welpen zum Schnäppchenpreis kaufen könnt. Dass dieser Welpe in der Regel viel zu früh von seiner Mutter weggenommen wurde, oft schwer krank und voller Parasiten ist, merkt ihr erst wenn ihr schon nach wenigen Tagen mit ihm zum Tierarzt müsst, oder er gar in euren Händen stirbt.

Ich wurde in einem dunklen schmutzigen Verschlag geboren. Anfangs war mir das egal, für mich war es nur wichtig, dass ich nahe bei meiner Mutter lag, von ihr gewärmt und gesäubert wurde und ihre Zitzen jederzeit für mich erreichbar waren. Ich war nicht der einzige Welpe, wie schon im Mutterleib lagen weitere kleine Körper eng an mich gedrückt. Unsere Mutter versorgte uns alle liebevoll, sie wärmte uns, ihre Zunge war fast ständig damit beschäftigt uns zu lecken und ihre Milch floss reichlich.
Wie lange dieses Gefühl von Geborgenheit anhielt weiß ich nicht mehr. Eines Tages öffnete ich meine

Augen und auch mein Gehör entwickelte sich. Ich sah zum ersten Mal meine Mutter und meine Geschwister. Wir waren viele und in unserem kleinen Verschlag wurde es schnell enger. Leider wurde auch die Milch unserer Mutter immer weniger und ihre Fürsorge ließ merklich nach. Sie schlief sehr viel und wurde unwillig wenn wir an ihr Gesäuge wollten. Ihr Körper fühlte sich plötzlich sehr heiß an.

Der Mann, der jeden Tag einmal kam um nach uns zu sehen, brachte eine Schachtel mit aus der er kleine weiße Tabletten nahm, die er unserer Mutter ins Maul gab und es zuhielt bis sie geschluckt hatte. Nach ein paar Tagen ging es ihr wieder besser, doch ihre Milch versiegte ganz. Wir schrien vor Hunger und der kleinste Welpe lag eines Tages neben uns und rührte sich nicht mehr. Unsere Mutter beschnüffelte ihn lange und fiepte dabei leise. Dann schob sie ihn in eine Ecke des Verschlags. Als der Mann das nächste Mal kam nahm er ihn heraus und warf ihn in einen Eimer. Unsere Mutter begann nun damit das wenige Futter, das sie gefressen hatte, zu erbrechen und wir stürzten uns auf den warmen Brei und fraßen, doch wir wurden kaum satt. Im Verschlag wurde es immer enger je größer wir wurden, so dass kaum Platz für uns blieb um zu spielen und zu raufen. Dann kam der Mann und holte uns nacheinander heraus, jedoch nur, um uns in einen anderen düsteren Verschlag zu setzen. Das Weinen unserer Mutter begleitete uns, bis sich die Tür hinter uns schloss. Der neue Verschlag war zwar größer, dafür mussten wir ihn mit weiteren Welpen teilen, die schon dort waren. Es war darin ziemlich schmutzig und stank, denn wir Welpen machten unser Geschäft natürlich überall hin. Als Futter bekamen wir meist eingeweichtes Trockenfutter und Brot. Das vertrugen wir aber schlecht, viele von uns bekamen Durchfall und einige wurden sogar sehr krank. Die Kranken wurden aus dem Verschlag entfernt und wir sahen sie nie wieder. Dann warf der Mann uns eines Tages den Kopf eines geschlachteten Schafes in den Verschlag. Trotz unserer winzigen Zähne nagten wir ihn ab bis auf die blanken Knochen. Ich hielt mich tapfer, obwohl auch ich vom Durchfall nicht verschont blieb, doch richtig krank wurde ich nicht. Der Mann holte jeden Tag einige von uns aus dem Verschlag und brachte sie weg. Dafür kamen andere, jüngere Welpen hinzu. Eines Tages wurde auch ich aus dem Verschlag geholt. Man brachte mich in ein Haus in dem es so hell war, dass meine Augen wehtaten. Ich wurde in einen Eimer Wasser gesteckt und gebadet, danach mit einem groben Tuch trocken gerubbelt. Vor Angst weinte ich und machte unter mich. Der Mann packte mich am Genick und schüttelte mich, dabei schimpfte er laut. Dann setzte er mich auf einen Stuhl auf ein buntes Kissen. Er hielt einen Gegenstand in der Hand aus dem es aufblitzte, danach wurde ich in einen Käfig gesteckt, in dem schon ein anderer Welpe saß. Nach und nach kamen noch weitere Welpen hinzu.

Da saßen wir nun, wie lange weiß ich nicht mehr. Immer wieder wurde einer von uns herausgenommen, in eine Box gesteckt und fortgebracht. Bis nur ich und eine andere kleine Hündin übrig blieben.

So geschah es noch mehrmals, die anderen Welpen wurden weggebracht, ich blieb zurück. Damals dachte ich es wäre mein Glück nicht in die Ungewissheit gebracht zu werden, doch das Gegenteil war der Fall. Auf mich wartete die Hölle.

Als ich größer wurde kam ich zurück in den Stall, in dem ich geboren wurde. Dort war es ziemlich dunkel und ein scharfer Geruch, der in der Nase biss, machte mir das Atmen schwer. Es gab auf einer Seite enge Verschläge, auf der anderen standen schäbige Käfige aneinandergereiht und in fast jedem saß ein Hund. Manche bellten als ich gebracht wurde, andere schauten nur teilnahmslos. Falls meine Mutter darunter war, so erkannte ich sie nicht mehr. Ich war aufgeregt und hatte Angst, was würde hier auf mich zukommen? Zuerst einmal nichts, ich saß in meinem Käfig und nichts geschah. Futter gab es unregelmäßig, ich hatte oft Hunger. Zu den Hunden in den anderen Käfigen hatte ich keinen Kontakt. Ich fragte mich immer öfter wozu ich überhaupt geboren wurde, sollte das mein Hundeleben sein? Ich wusste noch nicht einmal wie es anders sein könnte, doch tief in mir war ein Sehnen nach etwas, das ich nicht benennen konnte. Dann kam die Zeit in der ich zum ersten Mal läufig wurde und mein Leben veränderte sich dramatisch. Ich wurde aus meinem Käfig genommen und in einen kleinen Raum gebracht. Dort war ein anderer Hund, der sofort auf mich zu kam und mich bedrängte. Ich hatte Angst vor ihm, setzte mich in eine Ecke und versuchte ihn zu beißen. Doch damit war der Mann, der mich hierher gebracht hatte, nicht einverstanden. Unsanft packte er mich am Genick und zog mich aus der Ecke. Das nutzte der Rüde sofort um mich zu besteigen. Ich schrie und versuchte den Mann zu beißen, der mich noch immer festhielt. Er schlug mir auf den Kopf und schüttelte mich derb, hielt mich fest bis der Rüde in mich eingedrungen war. Ich schrie erneut als ich merkte dass er mit mir zusammenhing und wollte mich auf den Rücken drehen. Doch immer noch hielt der Mann mich mit eisernem Griff gepackt. Schließlich gab ich auf und blieb zitternd stehen, bis ich merkte dass sich der Rüde aus mir löste. Doch sogleich wurde ich von dem Mann hochgenommen und zurück in meinen Käfig gebracht. Es brauchte lange bis ich aufhörte zu zittern und erschöpft einschlief.

Nach einiger Zeit merkte ich, dass etwas in mir wuchs, ich spürte Bewegungen in meinem Bauch und wurde allmählich rundlicher, obwohl ich immer Hunger hatte weil das Fressen so knapp bemessen war. Ich hatte Angst und sehnte mich nach etwas, was ich vermutlich nie kennen lernen würde, nach einer streichelnden Hand, beruhigenden Worten und dem Gefühl geliebt zu werden. Da ich nichts davon bekam konzentrierte ich mich ganz auf das was in mir wuchs, und auch wenn ich nicht wusste was es war, freute ich mich darauf. Auch der Mann wusste das etwas in meinem Bauch wuchs, er öffnete öfter die Käfigtür und zog mich heraus. Dann drückte er an mir herum, an meinem Leib und meinen Zitzen, die ebenfalls größer wurden. Seine Hände waren grob und taten mir weh, ich bekam jedes

Mal große Angst wenn er mich anfasste und war froh, wenn ich in den zweifelhaften Schutz meines Käfigs zurück konnte.

Dann bekam ich plötzlich große Schmerzen im Bauch und das Gefühl alles herauspressen zu müssen, was darin war. Doch es kam außer Schleim und Blut nichts heraus, so sehr ich auch drückte. Irgendwann kam der Mann und schaute mir eine Zeitlang zu, dann ging er wieder und kam nach einer Weile mit einer Frau zurück. Sie schaute mich an und ich meinte Traurigkeit in ihren Augen zu erkennen. Würde sie mir helfen? Ich hob die Pfote und schaute sie bittend an. Sie murmelte ein paar tröstende Worte während sie mich vorsichtig aus dem Käfig zog und mir mit einer Nadel in den Po stach. Es tat ein bisschen weh und ich wurde plötzlich so müde, dass mich gar nicht mehr interessierte was sie weiter mit mir tat. Ich schlief ein.

Als ich wieder erwachte war es dunkel um mich, doch ich spürte sofort dass etwas anders war. Ein seltsamer Geruch drang in meine Nase, der, verbunden mit einem warmen Gefühl an meinen Zitzen etwas in mir auslöste das ich bisher nicht gekannt hatte: Glück!

Es wurde durch die kleinen Wesen ausgelöst, die an meinen Zitzen saugten. Wie sie da hinkamen wusste ich nicht, doch ich wusste sie gehörten mir und ich musste für sie sorgen. Sofort begann ich damit sie abzuschlecken. Mein Bauch tat ein bisschen weh, doch das ignorierte ich. Meine ganze Aufmerksamkeit galt diesen winzigen Wesen, meinen Welpen. Ich hatte nun eine Aufgabe und ich erfüllte sie mit großer Hingabe.

Leider war die Zeit mit meinen Kindern nur begrenzt, sie waren noch viel zu klein als der Mann sie mir fortnahm. Ich schrie und bellte ihnen hinterher als er sie weg trug, doch ich sah sie nie mehr wieder.

Erneut begann das eintönige Leben für mich, eine endlose Abfolge von Tagen und Nächten, in denen ich in meinem Käfig saß. Nur hin und wieder durfte ich für kurze Zeit heraus und umherlaufen, dann, wenn der Mann meinen Käfig von all dem Dreck befreite, der sich darin angesammelt hatte. Das kam aber nur ganz selten vor. Die meiste Zeit saß ich allein, zwar inmitten anderer Leidensgenossinnen, doch die meisten davon konnte ich nur hören, nicht sehen. Manchmal bellten wir gemeinsam unseren Frust heraus, eine fing an und alle stimmten ein, so lange bis der Mann kam und mit einem Stock an unsere Käfige haute. Dann duckte ich mich in die Käfigecke und zitterte vor Angst.

Als ich das nächste Mal läufig wurde musste ich wieder zu dem Rüden. Aber diesmal hatte ich keine Angst vor ihm und ließ willig zu dass er mich bestieg. Und als ich die ersten zarten Bewegungen in meinem Bauch fühlte, freute ich mich auf meine Welpen. Diesmal konnte ich sie alleine gebären. Aber leider konnte ich wieder nicht lange das Glück mit meinen Welpen genießen, da sie mir weggenommen wurden.

Wie oft ich trächtig war konnte ich nicht zählen, doch irgendwann ging es mir dabei nicht gut. Ich fühlte mich schlapp und müde und fraß noch nicht einmal das wenige Futter, das ich bekam. Mein Bauch blieb relativ klein, doch ich konnte die Bewegungen der Welpen spüren. Als es an der Zeit war sie zu gebären kamen die Wehen nur schwach, außerdem hatte ich keine Kraft mehr. Doch diesmal kam keine Ärztin um mir zu helfen. Der Mann lief eine Weile unschlüssig vor meinem Käfig auf und ab, dann schien er eine Entscheidung zu treffen. Er gab mir mehrere Tabletten ein auf die ich müde wurde und einschlief. Doch ich wurde wieder wach, als ein scharfer Schmerz durch meinen Leib schnitt. Daraufhin gab mir der Mann noch mehr Tabletten, worauf ich wohl bewusstlos wurde. Als ich wieder erwachte war mir furchtbar schlecht und mein Bauch tat schrecklich weh. Neben mir lagen Welpen, die sich nicht rührten. Ich stieß sie mit der Nase an doch sie waren ganz kalt. Traurig legte ich meinen Kopf zwischen die Pfoten. Diese Welpen würden mir kein kurzes Glück bescheren. Sie waren alle tot.

So traurig mich der Tod meiner Babys machte, er sollte sich doch als Glücksfall für mich erweisen. Ich war sehr schwach und konnte mich nicht so recht von der dramatischen Geburt erholen. Mein Bauch tat weh, der große Schnitt wollte nicht richtig zuheilen. Er nässte und ich leckte ständig daran. Ich hatte keinen Hunger und fraß kaum noch, so dass ich immer dünner und schwächer wurde.

Eines Tages kam der Mann mit mehreren Leuten in unseren Stall. Sie gingen von Käfig zu Käfig und der Mann deutete hier und da auf eine der darin sitzenden Hündinnen. Auch vor meinem Käfig blieben sie stehen.

Ängstlich beäugte ich die fremden Menschen, dennoch war ich neugierig. Was wollten sie hier? Sie machten einen viel freundlicheren Eindruck als der Mann, der über unser Leben herrschte. Eine Frau sprach leise und schmeichelnd zu mir und streckte den Finger durchs Gitter. Vorsichtig roch ich daran und leckte kurz darüber. Sie nickte lächelnd und sagte etwas zu dem Mann.

Und dann geschah das Unglaubliche. Der Mann öffnete die Käfigtür, packte mich am Genick und zog mich heraus. Dann drückte er mich der Frau in die Arme. Vor Angst begann ich zu schreien und wand mich, ich wollte zurück in meinen Käfig, der mir Sicherheit bot. Doch die Frau redete leise und beruhigend auf mich ein, ihre Hand kraulte mich zart unterm Kinn. Ich entspannte mich etwas, es tat so gut gestreichelt zu werden. Als sie mit mir wegging steckte ich meinen Kopf unter ihren Arm und drückte mich an sie. Erneut flackerte Angst in mir auf, doch diesmal hatte ich Angst wieder zurück in den Käfig gesteckt zu werden.

Das geschah jedoch nicht, denn sie verließ mit mir den Stall, in dem ich mein ganzes Leben verbracht hatte. Draußen spürte ich das erste Mal die Sonne auf meinem Fell und den Wind, der an meinen Ohren zupfte. Langsam zog ich den Kopf unter dem Arm der Frau hervor und schaute mich um. Doch sogleich kniff ich die Augen zu, es war so hell dass es mir wehtat. Die Frau sagte etwas zu mir und kraulte mich erneut unterm Kinn. Dann bückte sie sich und schob mich in eine kleine Box, die sie sofort hinter mir schloss. Wie erstarrt blieb ich stehen und Enttäuschung überkam mich.

Erneut war ich in einem Käfig gelandet und dieser war noch viel kleiner als der vorherige, ich konnte mich nur mit Mühe umdrehen.

Vor meiner Schnauze war ein Gitter und ich schaute hindurch. Neben meinem Käfig standen noch weitere, in denen ebenfalls Hunde saßen. Sie sahen verstört durch die Gitter und hechelten stark, genau wie ich auch. Nach einiger Zeit wurde noch ein Hund gebracht und in den leeren Käfig neben meinem gesteckt. Er jaulte laut vor Angst.

Einige Menschen standen um uns herum und redeten miteinander. Irgendwann kam ein großer, laut brummender Kasten angerollt und blieb stehen. Einer der Menschen ging hin und öffnete eine Klappe an dem Kasten, nacheinander wurden wir samt unseren Boxen in den Kasten gestellt und nachdem alle darin waren, schloss sich die Tür und es wurde dunkel. Das brummende Geräusch ertönte abermals und der Boden schien sich zu bewegen. Einige Hunde begannen zu jammern, ich blieb stumm, legte mich verwirrt nieder und schloss die Augen.

Nach einiger Zeit ging die Tür wieder auf und es wurde hell. Leute luden uns samt unseren Boxen aus, trugen uns ein Stück und stellten uns wieder ab.

Endlich war ich an der Reihe. Ich starrte durch die Öffnung der Box, während ich ausgeladen und auf dem Boden abgestellt wurde. Jemand sprach leise auf mich ein, dann wurde das Türchen meiner Box geöffnet. Verwirrt starrte ich eine Weile hinaus und wusste nicht, was ich nun tun sollte. Doch bald siegte meine Neugier über die Angst und ich machte einen Schritt aus der

Öffnung. Erde und ein paar Grasbüschel kamen in mein Blickfeld, die frische Luft roch fremd aber durchaus interessant, so dass ich schließlich den letzten Schritt wagte und die Box verließ. Staunend sah ich mich um. Das musste die Freiheit sein, die ich nie kennengelernt hatte, von der ich aber tief in meinem Herzen gewusst hatte dass es sie gibt.

Nach und nach kamen auch die anderen Hunde aus ihren Boxen und sahen sich vorsichtig um. Wir beschnüffelten uns zuerst gegenseitig, dann erkundeten wir weiter das Gehege. Gegen den winzigen Käfig, in dem ich bisher leben musste, war hier alles riesig. Langsam lief ich los, wurde immer schneller. Das weiche Gras unter meinen Füßen, der weite Himmel über mir, kein Gitter mehr, das mich einsperrte. Ich war endlich frei.

Kapitel 4:
Eine Bulldogge zum Jahrestag

Schon fünf Jahre seit wir uns kennengelernt haben, ging es mir durch den Kopf als ich auf den Kalender blickte - wie die Zeit doch verfliegt. Aber es waren wunderbare fünf Jahre gewesen, die Helga und ich miteinander verbracht hatten. Und ich wünschte mir es würden noch sehr viele weitere Jahre folgen.

Zu unserem fünften Jahrestag, so hatten wir beschlossen, wollten wir uns ein besonderes Geschenk machen: Eine weitere französische Bulldogge sollte bei uns einziehen. Da unsere Cher mit anderen Hunden kein Problem hatte hatten wir beschlossen einem Tierschutzhund ein neues Zuhause zu schenken. Eine Hündin, die vom Vermehrer aussortiert worden war, sollte es sein. Sie würde bei uns all das bekommen was sie bislang entbehren musste. Ein liebevolles Zuhause, gesundes Futter, ein kuscheliges Körbchen und viel, viel Liebe und Streicheleinheiten. Das stellten wir uns vor. An Probleme wie Krankheit, hohe Tierarztkosten oder aus der schlimmen Vergangenheit resultierende Ängste dachten wir dabei allerdings nicht. Wenn wir damals darüber nachgedacht hätten, wäre unsere Entscheidung vielleicht anders ausgefallen.

Helga hatte unsere neue Hündin im Internet entdeckt. Was den Umgang mit sozialen Medien betraf war sie mir überlegen. Außerdem war sie im French-Bully-

Forum registriert und dort auch aktiv. In diesem Forum gab es eine Rubrik die sich „Bullys in Not" nannte. Bei einem Tierschutzverein, der ehemalige Vermehrerhündinnen aufnahm und später zur Adoption anbot entdeckte sie Dana, ein überwiegend weißes Bullymädchen mit vielen schwarzen Punkten und einem schwarzen Abzeichen im Gesicht.

„Was sagst du zu ihr?" wollte meine Lebensgefährtin von mir wissen. „Hat sie nicht wunderschöne Augen?" Ich starrte eine Weile skeptisch das Bild an und zögerte. Eigentlich sah die Kleine zum Weinen aus, sie war total abgemagert und hatte stumpfes Fell. Doch ihre dunklen, eindrucksvollen Augen waren wirklich schön.

Die dunklen Augen waren eigentlich das einzig Schöne an der sehr mageren ehemaligen Zuchthündin aus Ungarn. Sie hatte riesige Zitzen, ein stumpfes weißes Fell, das mit unzähligen dunklen Punkten übersät war, sowie einen großen schwarzen Fleck auf der linken Kopfseite. War das wirklich ein Hund, der zu uns passte?

Mir kamen plötzlich Zweifel ob die Idee einen weiteren Hund zu uns zu holen so gut war. Schließlich hatten wir am Wochenende ja auch noch meist Cäsar bei uns. „Ich weiß nicht so recht", meinte ich vorsichtig. „Vielleicht ist die Idee mit dem Zweithund doch nicht so gut ..."

Doch damit kam ich bei Helga nicht gut an, sie hatte es sich in den Kopf gesetzt die magere Hündin zu adoptieren und überredete mich schließlich, dass wir uns Dana wenigstens einmal anschauen sollten.

„Also gut", gab ich nach, „Dann fahren wir am Wochenende dort hin und schauen sie uns einmal an, die arme Kleine hat es ja verdient ein schönes Zuhause zu bekommen."

Ich rief also bei der Tierschutzorganisation an. Doch da erfuhr ich Dana wäre so gut wie vermittelt, allerdings sei es noch nicht ganz sicher ob sie dort bleiben könne. Falls sie zurückkäme würde man uns Bescheid geben. Nach diesem Telefonat hatten wir Dana eigentlich bereits abgeschrieben und waren überrascht als man uns einige Tage später zurückrief, Dana wäre doch noch zu haben. Also machten wir einen Termin aus. Die Frau am Telefon erklärte mir noch, dass die Schutzgebühr bei Übergabe fällig wäre, ohne deren Zahlung wir die Hündin nicht bekommen würden.
Am Samstag fuhren wir also los, doch dort angekommen standen wir vor verschlossener Tür. Während wir noch überlegten was wir machen sollten, bekamen wir einen Anruf von der Frau. Sie sei mit Dana noch unterwegs, es hätte einen Unfall gegeben. Sie nannte uns einen Rasthof, bei dem es ein McDonalds Restaurant gab, und ob wir uns dort treffen könnten.
„Hm, ich weiß nicht ...", meinte Helga gedankenverloren und fragte mich dann: „Das klingt alles etwas dubios. Was meinst du? Tun wir das Richtige, Christine?"
„Hast du jetzt plötzlich Zweifel?", fragte ich erstaunt.
„Jetzt sind wir so weit gefahren um Dana zu sehen, da kommt es auf die paar Kilometer auch nicht mehr an".
Ich hielt ihr Danas Foto unter die Nase und meinte:

„Schau dir die Kleine nochmal an. Für sie ist es ganz sicher das Richtige, dass sie zu uns kommt."

„Du hast ja Recht", gab sie zu. „Also gut, fahren wir dorthin."

Es war wunderschönes sonniges Wetter, als wir auf dem angegebenen Rasthof eintrafen. Ein gutes Omen, wie wir fanden. Cher war natürlich mit dabei, schließlich war es ein wichtiges Kriterium, dass sie und Dana sich verstanden. Außerdem hatten wir auch noch Cäsar dabei - da Helgas Mutter arbeiten musste, verbrachte er das Wochenende bei uns.

Pünktlich standen wir auf dem vereinbarten Parkplatz. Doch weder von der Frau, noch von Dana, war weit und breit nichts zu sehen. Um uns die Wartezeit zu verkürzen, gingen wir mit den Hunden ein wenig in der Nähe spazieren. Den Parkplatz hatten wir dabei immer im Blick.

Endlich kam das erwartete Auto angefahren und uns fiel ein Stein vom Herzen. Die Frau winkte uns zu und öffnete die Autotür, aus der gleich zwei Hunde heraus sprangen. Wir erkannten Dana auf den ersten Blick, der andere Hund war ein Dackelmix. Beide waren nicht angeleint und liefen um unsere Beine, was uns etwas seltsam vorkam.

„Ich bin leider etwas spät dran", entschuldigte sich die Frau, nachdem wir uns an einem Tisch niedergelassen hatten. „Es gab da einen Unfall ..." Sie deutete auf ihre Kleidung, die mit Blut verschmiert war, ging jedoch nicht näher darauf ein. Statt dessen erklärte sie:

„Ich habe noch eine weitere Hündin mitgebracht, falls Ihnen Dana doch nicht zusagt."

Die kleine Mixhündin machte tatsächlich einen wesentlich besseren Eindruck als Dana, die schnüffelnd zwischen den Tischen herum lief und den Anschein machte als gehörte sie nirgends dazu. Sie war in einem erbarmungswürdigen Zustand, abgemagert und mit frischen Bissspuren am Kopf und an einer Pfote. Die Frau erzählte uns Dana sei in eine Beißerei mit einem Dogo Argentino verwickelt gewesen. Auf meine Frage warum sie so dünn sei gab sie zur Antwort, dass Dana vor einer Woche zu einer Frau gekommen sei, die sie jedoch mit der Begründung zurückgebracht habe, sie würde bei ihr einfach nichts fressen.

Wir wunderten uns erneut. Konnte ein Hund tatsächlich so abmagern, wenn er eine Woche nicht fraß? Da es für Helga und mich jedoch bereits klar war, dass wir Dana auf jeden Fall mit uns nehmen würden, äußerten wir uns nicht weiter dazu. Die Vermittlerin legte uns dann auch ziemlich schnell den Vertrag vor, kassierte den Schutzbetrag und verschwand danach alsbald mit der kleinen Mixhündin.

Ich schaute Helga stumm an, noch verwirrt von der schnellen Übergabe, dann mussten wir beide herzlich lachen. Wir hatten nun einen zweiten Hund und würden ihn nicht mehr hergeben.

Unser neues Familienmitglied machte sich inzwischen schon einmal mit unseren Hunden bekannt, vielleicht ahnte sie ja dass sie nun ebenfalls dazu gehören würde. Cäsar, ganz Kavalier, ließ sich geduldig von Dana beschnüffeln und wedelte dabei höflich mit der Rute, Cher hingegen hatte kaum einen Blick für die Neue übrig. Sie war mehr damit beschäftigt unter den

Tischen zu suchen, ob vielleicht jemandem ein paar Pommes auf den Boden gefallen waren. Sie fraß ja alles was ihr irgendwie essbar schien und es gab eigentlich nichts, was sie verschmähte.

Schließlich sammelten wir unsere Hunde ein und gingen zum Auto. Vorsichtshalber nahm ich Dana auf den Arm, ich wollte nicht riskieren, dass sie davonlief. Sie war ein Leichtgewicht und ihr Geruch mehr als gewöhnungsbedürftig, er verschlug mir erst einmal den Atem. Trotzdem behielt ich sie auf dem Arm, bis wir beim Auto waren.

Helga öffnete uns die Autotür und ich setzte Dana auf die weiche Decke, die wir extra für sie mitgebracht hatten. Doch bevor sie noch richtig saß sprang Cher eilig hinzu und wollte sich ebenfalls auf die Decke setzen. Obwohl sie meist eine sehr liebenswürdige Bullyhündin war konnte sie auch sehr eigenbrötlerisch und egoistisch sein. Jetzt wollte sie der Neuen scheinbar gleich klarmachen, dass sie hier das Sagen hatte. Doch sie hatte die Rechnung ohne Dana gemacht. Die erkannte anscheinend sofort, dass diese Decke für sie bestimmt war und beschloss in Sekundenschnelle das gute Stück zu verteidigen. Obwohl sie dünn und schwächlich wirkte zeigte sie Cher und auch uns, dass in ihrem mageren Körper ein starker Wille steckte. Ein Knurren in Verbindung mit einem Schnappen nach Cher reichte aus um ihr zu sagen, dass sie sich keine Hoffnung auf die Decke machen konnte.

Cher schaute sie einen Moment lang irritiert an, dann setzte sie sich kommentarlos auf ihren Platz. Die Fronten zwischen den Beiden waren damit geklärt und dabei blieb es auch. Auf der Heimfahrt diskutierten wir darüber wie wir unseren Neuzugang nennen wollten. Der Name Dana gefiel uns beiden nicht besonders und da ja ab heute ein neues Leben für sie begann, sollte sie auch einen neuen Namen bekommen. Wir einigten uns schnell auf Luna, da uns ihr helles Fell mit den dunklen Flecken irgendwie an eine Mondlandschaft erinnerte und Mond auf italienisch Luna heißt.

Nach einiger Zeit hielten wir an einem Parkplatz an um die Hunde zum Pipi machen rauszulassen, dabei stellten wir erschrocken fest dass Luna starken Durchfall hatte. Das erhöhte die Dringlichkeit sie am Montag gleich zum Tierarzt zu bringen, auch in Anbetracht ihrer blutigen Wunden und ihres gesamten Zustandes. Wie sie so neben uns herlief, unterernährt, voller Bisswunden, unsagbar schmutzig und stinkend, machte sie einen erbärmlichen Eindruck. Sie tat uns in der Seele leid. Ich kann nur schwer beschreiben was damals in mir vorging. Noch nie zuvor habe ich einen Hund in einen dermaßen schlechten und erbarmungswürdigen Zustand gesehen. Vom ersten Augenblick an wusste ich, dass dieses kleine Etwas bei uns einziehen würde und ich alles versuchen würde, damit aus diesem „hässlichen" Entlein ein wunderschöner Schwan werden würde. Es war, als würden wir uns ohne Worte verstehen, ich sah in ihre Augen und mir war klar:

Egal wie elend sie jetzt aussah, Luna würde meine „Prinzessin" werden.

So wie jeder unserer Bullys seinen eigenen Kosenamen bekam, Cher war unser „Weibi", Cäsar unser „Manki", würde Luna unsere „Prinzessin" werden.

Luna erzählt:

Nachdem man mich und die anderen Hunde aus dem dunklen Stall gerettet hatte wurden wir in ein Gehege gebracht, das einer kleinen Tierschutzorganisation gehörte. Dort kamen wir uns vor wie im Himmel, es gab keine schmutzigen Käfige und keinen dunklen Stall, in dem die Luft nach Exkrementen, Verwesung und Elend roch. Nachdem die Türen unserer Boxen geöffnet worden waren, trauten wir uns zuerst gar nicht heraus. Es war sehr hell und die Luft roch so frisch und gut. Erst zaghaft, dann mutiger, verließ ich nach einer Weile meine Box. Auch wenn ich Angst hatte, ich wollte unbedingt sehen was da draußen war.

Auch die anderen Hunde kamen nach und nach heraus, schnuppernd und vorsichtig erkundeten wir das geräumige Gehege. Der Boden bestand zum Teil aus Wiese, der Rest aus einer harten Fläche, auf der einige Hütten aus Holz standen. In diesen Hütten lag sauberes Stroh und sie waren so groß, dass mehrere von uns in eine gepasst hätten.

Nachdem wir uns alle etwas beruhigt hatten kamen ein paar Menschen in unser Gehege, Sie trugen die leeren Boxen weg und brachten uns Futter, dass sie großzügig verteilten. Das Trockenfutter roch fantastisch und schmeckte auch sehr gut und war kein Vergleich zu dem Futter, dass wir bei unserem ehemaligen Besitzer bekamen. Zum ersten Mal konnten wir uns alle richtig satt essen.

In den nächsten Tagen wurden wir von einem Tierarzt untersucht und behandelt. Das war zwar nicht schön, weil wir alle große Angst hatten, doch außer ein paar

Pickser mit langen Nadeln passierte nichts Schlimmes. Wir lernten schnell, dass diese Menschen gar nicht so Furcht einflößend waren und verkrochen uns bald nicht mehr, wenn jemand in unser Gehege kam.

Ich merkte bald, dass die Menschen hier, besonders die Frauen, sehr nett waren, mich streichelten und auf den Arm nahmen ohne mir weh zu tun. Ich freute mich sogar bald darüber wenn man mir ein Halsband anzog und ich an der Leine spazieren gehen durfte. Das Laufen, das Schnüffeln und die vielen neuen Eindrücke waren überwältigend. Ich hätte mir vorstellen können für immer dort zu bleiben. Doch es kam anders.

Eines Tages wurde ich erneut in eine Box gesteckt und gemeinsam mit anderen Hunden in ein großes Auto verfrachtet. Nach einer langen Fahrt wurden wir in einem anderen Tierheim ausgeladen, dass dem vorhergehenden zwar ähnelte, doch aus einem Grund, den ich nicht erklären kann, gefiel es mir dort nicht. In Freigehegen waren große Hunde untergebracht, die uns anbellten.

Für uns kleine Hunde gab es kein Gehege, tagsüber durften wir auf dem Gelände frei herumlaufen. Nachts oder bei schlechtem Wetter mussten wir ins Haus, es gab dort einen kleinen Raum, in dem wir schlafen konnten.

Gleich nach unserer Ankunft wurde jeder Hund fotografiert, danach waren wir uns mehr oder weniger selbst überlassen.

Zuerst fand ich es toll den ganzen Tag draußen zu sein und das zu tun was ich wollte. Ich vermisste jedoch schnell die liebevolle Fürsorge, die ich schätzen gelernt hatte. Es gab kein Streicheln mehr, keine Spaziergänge und das Futter wurde uns nicht mehr zugeteilt sondern in großen Schüsseln hingestellt. Das führte zu Streit und wer sich nicht durchsetzen konnte, bekam nur wenig oder gar nichts ab.

Der Verein wurde von zwei Frauen geleitet, die sich aber hauptsächlich um die großen Hunde in den Gehegen kümmerten. Diese Hunde waren fast alle weiß und sahen sich sehr ähnlich, vermutlich weil sie alle zu einer Rasse gehörten, die von diesem Tierschutzverein bevorzugt aufgenommen wurde. Hin und wieder übernahmen sie aber auch Hunde von anderen Organisationen, um bei der Vermittlung zu helfen. So wie es bei mir und meinen Leidensgenossinnen der Fall war.

Diese weißen Hunde waren nicht sehr freundlich zu uns kleineren. Sobald wir in ihre Nähe kamen sprangen sie wütend kläffend am Gitter hoch und wir hatten Angst, dass sie aus ihrem Gehege ausbrechen könnten. Deshalb hielten wir uns nach Möglichkeit weit von ihnen entfernt auf.

Wie gesagt gefiel es mir nicht besonders dort und so war ich froh als eine nette Frau kam und mich mitnahm. Leider brachte sie mich schon nach wenigen Tagen wieder zurück. Ich war darüber sehr traurig, denn es hatte mir bei ihr gut gefallen und ich hätte mir ein Leben mit ihr vorstellen können. Warum ich nicht bei ihr bleiben durfte weiß ich nicht, ich hatte mich wirklich bemüht ein braver Hund zu sein. Obwohl ich gar nicht wusste wie sich ein braver Hund benimmt. Die Frau behandelte mich auch sehr gut, so dass ich dachte sie würde mich mögen. Doch dann brachte sie mich zurück und das hat mich sehr traurig gemacht. Deshalb hatte ich mir vorgenommen keine großen Erwartungen mehr zu hegen. Ich war ein Hund, den niemand wollte.

Doch dann geschah was ich nicht mehr erwartet hätte. Ich sollte eine weitere Chance erhalten, adoptiert zu werden. Ich wusste nicht ob ich mich darüber wirklich freuen sollte und beschloss erst einmal abzuwarten. Mein Vertrauen in die Menschen war nie sehr groß gewesen und seit ich abgewiesen wurde, bin ich noch misstrauischer geworden. Doch dann dachte ich bei mir: Schlimmer kann es ja nicht werden. Falls ich auch diesmal nicht adoptiert wurde, kam ich halt erneut ins Tierheim zurück.

Trotzdem bekam ich Herzklopfen als wir das Tierheimgelände verließen und zum Auto gingen. Doch meine neu erwachte Hoffnung auf ein Zuhause schwand rasch wieder als ich bemerkte, dass noch eine weitere Hündin mit uns kam. Sie war um einiges jünger und fitter als ich. Ich war mir nicht sicher ob ich neben ihr bestehen konnte.

Wir waren schon fast am Auto, da kam uns die andere Frau entgegen, sie hatte einen der großen weißen Hunde bei sich. Als der uns sah begann er sofort zu bellen und zog so stark an der Leine, dass die Frau ihn nicht mehr halten konnte. Sie stolperte und ließ die Leine los, worauf der große Hund auf mich zu stürmte und sofort nach mir schnappte. Er erwischte mich am Kopf und schüttelte mich. Ich schrie vor Angst und

Schmerz, doch er ließ nicht los. Die beiden Frauen packten ihn und mich und versuchten ihn von mir zu trennen. Endlich ließ der Hund meinen Kopf los, aber nur, um mich gleich darauf an der Pfote zu packen. Voller Verzweiflung biss ich um mich und erwischte ihn an der Lefze. Während die eine Frau versuchte ihn am Halsband zurückzuziehen, zog die andere mich ebenfalls zurück, sodass ich schließlich losließ.

Eilig riss die Frau die Autotür auf und warf mich unsanft auf den Rücksitz, die andere Hündin sprang ebenfalls dazu und die Tür wurde hinter uns zugeknallt. Die beiden Frauen riefen sich noch aufgeregt etwas zu, dann verschwand die eine mitsamt dem widerstrebenden Hund am Halsband in Richtung des Tierheimtors.

Noch immer aufgeregt schimpfend setzte sich die andere Frau ins Auto und drehte sich zu uns um. Sie betrachtete mich einen Moment forschend, dann drehte sie sich wieder nach vorne und wir fuhren los. Die Fahrt dauerte lange und ich beleckte die Wunde an meiner Pfote, um mich zu beruhigen. Die Bisswunde an meinem Kopf schmerzte nicht mehr allzu sehr.

Als wir endlich an unserem Ziel ankamen wurden wir bereits von zwei Frauen erwartet, die uns gespannt entgegen blickten. Waren sie es die mir vielleicht ein Zuhause geben würden? Doch als ich aus dem Auto gelassen wurde sah ich, dass sie zwei hübsche, gepflegte und wohlgenährte Hunde bei sich hatten.

Konnte ich ihnen überhaupt gefallen? Mein Fell war schmutzig und mit Blut beschmiert, ich war mager und roch sicher nicht gut.

Die Hündin, die ebenfalls mitgekommen war, würde viel besser zu ihnen passen. Ich machte mir keine Illusionen, dass sie mich auswählen würden, deshalb tat ich so als wäre auch ich nicht an ihnen interessiert. Mit der Nase auf dem Boden lief ich ein Stück von ihnen weg, beobachtete nur aus den Augenwinkeln was sie taten.

Die Frauen setzten sich an einen Tisch und unterhielten sich. Dann zog die Frau, die mich hergebracht hatte, weiße Blätter aus ihrer Tasche und alle beugten sich darüber. Da ich nicht wusste was das bedeutet, beschloss ich mir die beiden Hunde näher anzusehen, dass konnte ja nicht schaden. Der kleine Rüde ließ sich willig von mir beschnüffeln und wedelte freundlich mit dem Schwanz, die dunkle Hündin war viel zu sehr damit beschäftigt unter einem der Tische herumzuschnüffeln, sie beachtete mich nur flüchtig. Ein paar Krümel, die jemandem heruntergefallen waren, schienen das Objekt ihrer Begierde zu sein, sie verzehrte sie in Windeseile.

Plötzlich stand die Frau, die mich hergebracht hatte auf, gab den beiden anderen Frauen die Hand und verließ zügig das Lokal. Bevor sie hinausging rief sie nach der anderen Hündin und verschwand mit ihr durch die Tür. Für mich hatte sie keinen Blick mehr übrig. Ich starrte ihr einen Moment nach und überlegte ob sie mich vergessen hatte, dann wanderte mein Blick zu den zwei Frauen. Sie schauten mich beide an und lächelten.

Und da wurde mir plötzlich bewusst:

Sie hatten mich ausgewählt. Mich! Ich konnte es gar nicht glauben.

Eine Hand streckte sich mir entgegen, zögernd ging ich darauf zu. Mein neues Frauli beugte sich zu mir herunter und streichelte mich zärtlich. Ich schaute zu ihr hinauf und sie schaute zu mir herunter. Unsere Augen trafen sich und ich wusste plötzlich ganz sicher: Wir gehörten zusammen, nur der Tod konnte uns wieder trennen.

Mein neues Frauli brachte mich zu ihrem Auto und setzte mich dort auf eine wunderbar weiche Decke. Doch da kam auch schon die andere Hündin, die Cher hieß, und wollte sich ebenfalls auf meine Decke setzen. Sie versuchte mich wegzudrängen, doch das ließ ich mir nicht gefallen. So eine schöne weiche Decke hatte ich noch nie in meinem Leben besessen. Obwohl Cher viel dicker und stärker war als ich gab ich ihr Bescheid, dass das meine Decke war und ich sie mir nicht mehr abnehmen lasse. Zu viel hatte man mir schon weggenommen, meine Freiheit, meine Kinder, mein ganzes bisheriges Leben. Das war nun vorbei, ich würde mir von niemandem mehr etwas wegnehmen lassen.

Cher schaute mich verdutzt an, gab aber sofort klein bei und setzte sich auf ihren eigenen Platz. Sie akzeptierte meinen Anspruch. Cher war keine Kämpferin, das merkte ich sofort. Vermutlich hatte sie noch nie um etwas kämpfen müssen und nahm deshalb lieber den Weg des geringsten Widerstandes. Wir würden sicher gut miteinander auskommen. Zufrieden machte ich es mir auf meiner Decke gemütlich.

Nach einer ziemlich langen Fahrt kamen wir in meinem neuen Zuhause an und es gab auch gleich etwas zu futtern. Während Cher sich sofort über ihren vollen Napf hermachte, wurde mir mein Futter von meinen beiden Fraulis mit der Hand gereicht. Das hatte zuvor noch niemand gemacht, doch es gefiel mir und es schmeckte so lecker, dass ich noch viel mehr gefressen hätte. Leider gab es aber nichts mehr.

Am Abend wurde ich ins warme Badezimmer gebracht, wo ein kuscheliges Körbchen für mich bereitstand. Nach dem anstrengenden Tag war ich müde und legte mich sofort hinein. Ich hatte gehofft, dass mich die Albträume in meinem neuen Heim nicht mehr heimsuchen würden, doch mein Wunsch erfüllte sich leider nicht. Mitten in der Nacht kamen sie zu mir, die schrecklichen Gestalten, die mich wieder in meine Vergangenheit zogen und mich quälten. Voller Angst und Pein schrie ich auf.

Doch diesmal beruhigte mich eine tröstende Stimme und Hände berührten mich sanft, bis die Geister wichen. Aber leider kamen sie immer wieder, um mich zu quälen. Doch ein Gutes hatten die Albträume zumindest, ich durfte mit ins Bett. Zwischen den Kopfpolstern meiner beiden neuen Fraulis war ein kleiner freier Platz, den habe ich mir ausgesucht. Dort war es wunderbar gemütlich, ich beschloss sofort diesen Platz für immer zu behalten.

Cher, die auch mit im Bett schlafen durfte, gefiel zum Glück der Platz im Fußbereich besser, so dass kein Streit zwischen uns entstand.

Selig rollte ich mich zusammen und schloss die Augen. Meine Zweifel waren wie weggewischt, ich wusste mit absoluter Sicherheit, ich hatte endlich den Platz für den Rest meines Lebens gefunden.

Kapitel 5:
Kleine und große Katastrophen

Nachdem wir zuerst Cäsar bei seinem Frauchen abgeliefert hatten kamen wir endlich Zuhause an. Luna begann sofort damit ihr zukünftiges Heim in Augenschein zu nehmen und wir ließen sie gewähren. Cher wollte wie üblich sofort ihr Fressen haben und tat als wäre sie am verhungern. Nachdem ich ihr den gefüllten Napf hingestellt hatte, bekam auch Luna etwas zu fressen. Sie fütterten wir jedoch aus der Hand, da das ihre Bindung zu uns stärken sollte. Wir hatten uns natürlich schon vorher darüber informiert wie man mit einem Tierschutzhund umgeht. Schließlich wollten wir Luna die Eingewöhnung so angenehm wie möglich machen.

Man hatte uns ja bereits vorgewarnt, dass sie sehr schlecht fressen würde. Deshalb waren wir Beide gespannt, doch zu unserer großen Überraschung, aber auch zu unserer Freude, fraß sie mit wahrem Heißhunger. Sie hätte sogar am liebsten noch viel mehr gefressen, doch wegen ihres schlimmen Durchfalls beließen wir es erst einmal bei der kleinen Portion.

Danach überlegten wir wo Luna in der ersten Nacht bei uns schlafen sollte. Da wir es nicht so gut fanden dass sie gleich mit Cher zusammen in einem Zimmer schlief, entschieden wir uns für das Badezimmer, darin hatte sie es schön warm und falls sie erneut Durchfall bekam war es nicht so schlimm, wenn sie auf die Fließen machte.

Schon in dieser ersten Nacht mussten wir leider erkennen, dass die kleine Luna doch mehr Altlasten mit sich brachte, von denen man uns nichts erzählt hatte. Denn mitten in der Nacht begann sie plötzlich so erbärmlich zu schreien, dass uns fast das Blut in den Adern gefror. Ich rannte ins Bad und machte das Licht an. Luna lag auf ihrem Kissen und schrie, wobei sie wild strampelte. Wach war sie jedoch nicht, sie schien einen Albtraum zu haben. Ich kauerte mich zu ihr nieder, schüttelte sie leicht bis sie zu sich kam. Dann nahm ich sie in den Arm und redete beruhigend auf sie ein. Es wirkte, sie schlief fast sofort wieder ein und ich ging auch wieder ins Bett. Doch das Schreien wiederholte sich noch mehrmals in dieser Nacht.

Nach etwa vier Wochen konnte ich schließlich nicht mehr. Jede Nacht musste ich mehrmals aufstehen um Luna, die mittlerweile mit Cher im Wohnzimmer schlief, aus ihren Albträumen die nicht aufhören wollten zu wecken. Das zehrte an meinen Kräften. So beschlossen wir schließlich Luna zu uns ins Bett zu holen. Dann musste ich wenigstens nicht mehr aufstehen. Helga hat, im Gegensatz zu mir, einen gesegneten Schlaf und hört das lauteste Gewitter nicht, sie würde auch durch Lunas Schreien nicht aufwachen.

Um eventuelle Eifersüchteleien zwischen den Mädels vorzubeugen holten wir auch Cher wieder ins Bett. Und ich stellte fest, dass es tatsächlich stimmte was Helga mir immer versichert hatte: Irgendwann hörte ich Chers überlautes Schnarchen nicht mehr.

Luna nahm sofort, wie selbstverständlich, den Platz zwischen unseren Kopfkissen in Beschlag. Auf diesen

Platz bestand sie von da an und hätte ihn sich nicht mehr streitig machen lassen. Was auch keiner tat, denn Chers Platz befand sich schon immer am Fußende des Bettes. Leider wurde Luna aber auch zwischen uns liegend ihre Albträume nicht ganz los. Sie kamen zwar seltener, manchmal blieben sie sogar einige Wochen weg, doch irgendwann kamen sie wieder und sie weckte mich auf durch ihr Geschrei. Aber nun musste ich zumindest nicht mehr aufstehen.

Auch am Tag wurde Luna hin und wieder von Albträumen gequält. Wir waren leider recht hilflos dagegen, denn sie konnte uns ja nicht sagen was ihr so auf der Seele lag. Von den Möglichkeiten der Tierkommunikation wussten wir damals leider noch nichts. Vielleicht hätten wir ihr damit helfen können.

Am Sonntag, dem ersten Tag in ihrem neuen Zuhause, gingen wir mit Luna und Cher im Wald spazieren und es wurde uns schnell klar, dass sie vermutlich noch nie zuvor einen Wald gesehen hatte. Alles war neu und aufregend für sie. Die unterschiedliche Beschaffenheit des Waldbodens faszinierte sie und sie wurde nicht müde über den sandigen Boden zu laufen und Steine und Wurzeln unter ihren Pfötchen zu spüren.

Immer wieder blieb sie stehen um an Bäumen, Farn oder Moos zu schnuppern. Dabei kam sie uns vor wie ein staunendes Kind.

Ein kleines Bächlein, das unseren Weg kreuzte, wurde für Luna zur ersten Mutprobe. Unschlüssig stand sie davor, roch an dem kühlen Wasser und setzte vorsichtig ein Pfötchen hinein, traute sich aber nicht das nasse Hindernis zu überqueren. Cher, der Wasser nichts ausmachte solange es ihr höchstens bis zum Bauch ging, dauerte Lunas Zaudern sichtlich zu lange, entschlossen durchquerte sie das Bächlein und setzte ihren Weg alleine fort. Und siehe da, Luna machte es ihr nach, mit hochgezogenem Bäuchlein durchquerte sie zügig den kleinen Bach, um sich auf der anderen Seite erst einmal kräftig zu schütteln. Stolz auf sich selbst holte sie Cher schnell wieder ein.

„Ich glaube unser neuer Hund wird kein Freund von Wasser werden", meinte Helga lachend. „Mal sehen was sie macht, wenn sie zum ersten Mal ans Meer kommt."

„Ach, sie wird sich schon daran gewöhnen", entgegnete ich optimistisch. „Viele Bullys sind doch richtige Wasserratten. Das Meer wird ihr sicher gefallen."

Wir spazierten weiter und freuten uns daran wie sehr Luna es genoss über Stock und Stein zu laufen. Als wir wenig später auf dem Heimweg an einer gackernden Hühnerschar vorbeikamen beachtete sie das Federvieh gar nicht, sondern lief einfach weiter.

Wieder zu Hause stellten wir Tinka das neue Familienmitglied vor. Sie war nicht besonders begeistert und fauchte Luna erst einmal aus der sicheren Höhe ihres Kratzbaums an. Sie merkte jedoch schnell, dass der neue Hund kein besonderes Interesse an ihr hatte und war zufrieden. Wir ebenfalls, waren wir doch die Sorge los, dass sich unsere Tiere vielleicht nicht vertragen würden.

Hin und wieder kam es jedoch schon einmal zu einem Kräftemessen zwischen den beiden Mädels. Denn hin und wieder kam es Cher doch einmal in den Sinn, Lunas selbsternannte Chefposition zu hinterfragen, was Luna ihr jedoch jedes Mal schnell klarmachte, indem sie Cher bestieg. Was der natürlich so gar nicht gefiel. Doch zu einem richtigen Streit zwischen den Beiden führte das nie, da die eigenbrötlerische Cher sowieso lieber ihr eigenes Ding machte. Chefin zu sein war nicht wirklich ihre Passion.

Wie wir es uns schon gedacht hatten verlief Lunas erster Tierarztbesuch am Montag nicht ganz so, wie wir es uns gewünscht hätten. Zuvor hatten wir sie gebadet, so dass ihr Fell sauber war und sie gut roch. Trotzdem war unsere Tierärztin entsetzt über Lunas allgemeinen Zustand und die Bisswunden, die sie säuberte und desinfizierte. Sie sähen schlimmer aus als sie waren, sagte sie beruhigend zu uns.

Luna hingegen konnte der medizinischen Betreuung so gar keinen Geschmack abgewinnen und es wurde schnell klar, dass sie Tierärzten gegenüber äußerst skeptisch eingestellt war. Als wir die Praxis endlich wieder verlassen konnten waren wir alle erschöpft, jedoch auch mit guten Ratschlägen, Medizin und Globuli versorgt. Wir hofften, dass alles schnell Wirkung zeigen würde.

Tatsächlich erholte sich Luna überraschend schnell, sie nahm zu und bekam ein schönes Fell, optisch war bald nichts mehr an ihr auszusetzen.

Was leider nicht besser wurde waren ihre Ängste vor allem und jedem. Besonders große Angst zeigte sie vor Turnschuhen, Stöcken, Besen oder Regenschirmen, was uns sagte, dass sie wohl öfter getreten, geschlagen oder bedroht worden war. Männern traute sie überhaupt nicht, sie ging ihnen eilig aus dem Weg.

Sie konnte es aber selbst bei Helga und mir nicht ertragen wenn wir mit schnellen Schritten auf sie zugingen. Sie duckte sich dann mit angelegten Ohren, schaute panisch und ihre Augen waren riesengroß vor Angst. Dann tat sie uns immer besonders Leid.

Richtig hysterisch gebärdete sie sich jedoch als man versuchte ihren Chip auszulesen. Das erlebten wir als wir mit Luna und Cher die Hundeschule besuchten, da wir mit den Beiden gerne die Begleithundeprüfung machen wollten. Dazu gehörte es, dass den Hunden der Chip ausgelesen wurde. Bei Cher war das kein Problem, sie ließ es ungerührt über sich ergehen. Luna jedoch flippte regelrecht aus als die Trainerin sich zu ihr niederbeugte, um mit dem Ablesegerät an ihrer linken Halsseite entlangzufahren. Mein eben noch braver Hund wurde zur wahren Furie und versuchte wie rasend in das Gerät zu beißen. Nur der schnellen Reaktion der Hundetrainerin war es zu verdanken, dass weder ihre Hand noch das Gerät größeren Schaden nahmen.

Wir reagierten alle erschrocken und konnten uns nicht vorstellen was diese Reaktion ausgelöst haben konnte. Später stellten wir dann fest, dass alle schwarzen Geräte von ähnlicher Größe und Form diese panische Angst in Luna auslösten. Was sie damit verband weiß ich leider nicht, ich kann mir jedoch vorstellen, dass man sie mit einem Elektroschocker traktiert hatte.

Abgesehen von diesem erschreckenden Ausraster verhielt sich Luna auf dem Hundeplatz meist mustergültig, sie war wirklich sehr gelehrig. Brav an der Leine laufen und auf Zuruf Sitz und Platz machen bereitete ihr und auch Cher keine Mühe, Beide zeigten sich dabei stets von ihrer besten Seite. Obwohl zumindest Cher ganz offensichtlich keinen Sinn dahinter sah mal links, mal rechts herum zu laufen oder mal schnell und mal langsam zu gehen. Dennoch tat sie immer artig was man von ihr verlangte. Das Einzige was sie verweigerte war es sich auf Befehl in nasses Gras zu legen. Das hasste sie deshalb blieb sie einfach stehen.

Ein wahrhaft einschneidendes Erlebnis in Lunas und unser Leben war ihre Kastration, zu der wir uns leider vertraglich verpflichtet hatten. Etwa zwei Monate nach ihrem Einzug machten wir dafür einen Termin bei unserer Tierärztin und brachten Luna für den Eingriff zu ihr. Als wir sie danach abholen kamen berichtete die Tierärztin die Operation sei ohne Komplikationen verlaufen, bei Luna seien jedoch bereits zwei Kaiserschnitte gemacht worden, die nicht professionell durchgeführt worden seien. Besonders der zweite hätte im Bauch unserer Hündin schlimme Vernarbungen hinterlassen. Sie meinte Lunas Bauch hätte innen so schrecklich ausgesehen, als habe ihr ein medizinischer Laie die Babys herausgeschnitten.

Wir nahmen unsere kleine Patientin mit nach Hause, wo sie auch bald wieder munter wurde und wir dachten alles wäre in Ordnung.

Am Abend kamen dann zwei Freundinnen vorbei und wir setzten uns ins Wohnzimmer. Wie aus dem Nichts kam Luna plötzlich angestürmt und biss eine der Beiden ohne Grund ins Bein. Wir waren geschockt, dachten jedoch an eine Nachwirkung der Narkose und brachten Luna in ein anderes Zimmer. Zum Glück war unsere Freundin nicht ernsthaft verletzt worden und wir taten das Ganze als einmalige Entgleisung ab.

Aber leider war dem nicht so, denn Luna schien wie verwandelt und hätte ich es nicht besser gewusst, so hätte ich behauptet das wäre nicht unser Hund.

Plötzlich mochte Luna andere Menschen nicht mehr und sobald wir uns mit Bekannten unterhielten wurde sie zur Furie und versuchte, denjenigen zu beißen. Selbst die Trainerinnen der Hundeschule mochte sie nicht mehr leiden und schnappte nach ihnen, sobald sie ihr zu nahe kamen. Und wenn wir Besuch erwarteten, mussten wir Luna zuvor in ein anderes Zimmer sperren.

Zu Helga und mir war Luna hingegen weiterhin die Liebenswürdigkeit in Person. Trotzdem machten wir uns natürlich Gedanken über ihr seltsames Benehmen. Da die Verhaltensänderung direkt nach der Kastration auftrat vermuteten wir, dass dabei vielleicht irgendetwas schiefgegangen war, obwohl uns die Ärztin ja versichert hatte es wäre alles wie geplant verlaufen. Wir überlegten ob Luna eventuell während der OP aufgewacht war und dadurch ein Trauma bekommen hatte. Oder vielleicht die Narkose zu schwach oder auch zu stark dosiert wurde. Vielleicht hatte sie ja zu wenig Schmerzmittel bekommen? Wir haben den

Grund für ihre seltsame Veränderung nie erfahren aber natürlich versuchten wir alles Mögliche um Lunas Aggressionen anderen Leuten gegenüber wenigstens abzumildern. Ganz wichtig war uns das bei Helgas Mutter Brigitte, die Cher und Luna ja immer mal bei sich betreute, etwa wenn wir etwas ohne Hunde unternehmen wollten. Im Gegenzug war an den Wochenenden oft Cäsar bei uns zu Gast, wenn Brigitte arbeiten musste. Zum Glück ließ sich Brigitte selbst dann nicht von Lunas Gehabe abschrecken, als sie von ihr gezwickt wurde. Sie war jedoch mächtig sauer deswegen und schimpfte Luna kräftig aus. Da sie jedoch nicht nachtragend war begann sie damit Luna mit Leckerlis zu bestechen. Es brauchte zwar einige Zeit und jede Menge Globuli und Leckerlis, doch schließlich schaffte sie es dass sie Luna wieder gefahrlos anfassen konnte. Nur, dass Luna sie fortan anknurrte, wenn sie ein Leckerli von ihr haben wollte.

Auch Helga und ich trainierten unermüdlich weiter mit Luna, damit sie wieder zu dem Hund wurde, der sie vor der Kastration war. Lange Zeit gingen wir sowohl Menschen, als auch Tieren, soweit es möglich war aus dem Weg. Und langsam entspannte sich unsere Terror-Queen tatsächlich und akzeptierte es schließlich sogar wieder dass wir Besuch bekamen oder uns mit anderen Menschen unterhielten, ohne dass sie ausrastete. Nur streicheln durfte sie außer uns und Brigitte niemand mehr. Doch damit konnten wir leben.

Stress gab es mit Luna leider auch, wenn meine erwachsene Nichte Natascha am Wochenende zu

Besuch kam. Obwohl es nicht an Luna lag, zumindest nur bedingt. Denn so gern Natascha uns besuchte, so groß war ihre Angst vor Luna, die schien für sie der Inbegriff eines bissigen Hundes zu sein.

Hunde haben dafür ja ein ausgezeichnetes Gespür, so blieb Luna Nataschas Angst natürlich nicht verborgen. Und sie schien richtig Spaß daran zu haben, denn sie legte sich immer absichtlich dicht neben sie auf die Couch. Natascha erstarrte dann regelmäßig zur Salzsäule, sie sah dann aus als atme sie nicht einmal.

Trotzdem wollte sie an einem Wochenende lieber bei uns zuhause bleiben, anstatt wie sonst, mit uns zum Einkaufen zu fahren.

Nach unserer Rückkehr fanden wir dann eine völlig aufgelöste Natascha vor, während Luna auf der Couch zwischen vielen kleinen, bunten Bröckchen thronte.

Sie hatte in der Küche unseren Abwaschschwamm gemopst um ihn dann auf der Couch in lauter kleine Teilchen zu zerfleddern. Natascha hatte sich nicht getraut ihr den Schwamm abzunehmen, da Luna sie jedes Mal angeknurrt hatte sobald sie danach griff. Natürlich war der zerbissene Schwamm kein großer Verlust, deshalb fanden wir die kleine Episode als zu lustig um unsere Prinzessin dafür auszuschimpfen. Es zeigte uns jedoch, dass Luna, die gerade mal elf Kilo wog, sich nicht scheute jeden in Schach zu halten wenn sie das wollte.

Bei unseren Übungen auf dem Hundeplatz verhielt Luna sich meist mustergültig. Zumindest solange kein anderer Hund in der Nähe war, den sie nicht mochte.

So wie etwa die junge Hündin einer Bobtail-Züchterin, die ebenfalls in unserer Gruppe waren. Aus einem Grund, den sie nur selber kannte, konnte Luna diese zottelige Hündin überhaupt nicht leiden. Und obwohl die Bobtail-Dame mindestens dreimal so groß und schwer war hatte sie panische Angst vor Luna.

Während unserer Trainingsstunde ging ich mit Luna, die nicht angeleint war, über den Platz als diese, im Gegensatz zu mir, sofort ihre Feindin auf der gegen-über liegenden Seite erspähte. Ehe ich begriff was los war rannte Luna los und stürmte grollend und geifernd auf die Hündin zu. Die gab sofort Fersengeld und rannte, von Luna verfolgt, über den ganzen Platz.

Meine befehlenden Rufe wurden von meinem Hund geflissentlich überhört, so dass mir nichts anders übrig-blieb als hinterher zu rennen. Es dauerte eine ganze Weile bis es mir endlich gelang meinen aufgebrachten kleinen Derwisch einzufangen.

Im Nachhinein fand ich unsere kleine Show-Einlage eigentlich ganz witzig. Im Gegensatz zu der erzürnten Bobtail-Besitzerin, denn nach diesem amüsanten Vor-fall wechselte die mit ihrer Hündin in einen anderen Kurs.

Leider mochte Luna die Trainerinnen, die sie vor ihrer Kastration gut leiden konnte, plötzlich auch nicht mehr und anfassen ließ sie sich von ihnen schon gar nicht. Da jedoch die Begleithundeprüfung anstand brauchten wir eine Lösung für das Problem mit dem Auslesen des Chips. Nach einigem Überlegen gab es schließlich vor der Prüfung eine kleine Sonderregelung für uns.

Ich durfte Luna auf den Arm nehmen um ihren Kopf an meine Schulter zu drücken, so dass sie das Auslesen ihres Chips gar nicht bemerkte.

Die eigentliche Prüfung absolvierte sie danach sehr souverän und bestand sie auch mit Bravour, ebenso Cher, die als älteste Teilnehmerin die Prüfung ebenfalls auf Anhieb bestand. Helga und ich waren an diesem Tag sehr stolz auf unsere beiden Bullyladies.

Mit anderen Hunden hatte Luna im Allgemeinen keine Probleme und mit Cher verband sie ein eher kumpelhaftes Verhältnis. Sie hatten nicht allzu viel gemein, vertrugen sich aber meist recht gut. Cher war schon immer der Typ Eigenbrötlerin gewesen, fressen und schlafen standen für sie an erster Stelle.

Dementsprechend war ihr Umfang als Helga und ich damals zusammenzogen. Ich hatte es dann übernommen das Futter für unsere Tiere vorzubereiten und das gleich zum Anlass genommen Chers Portionen etwas zu verringern. Da Helga ihrem Betteln viel zu oft nachgab und Cher neben den Mahlzeiten noch mit diversen Leckerchen verwöhnte, fraß sie entschieden zu viel. Was man an ihren Hüften deutlich sehen konnte.

Dass fortan weniger in ihrem Napf war passte Cher natürlich überhaupt nicht und ich glaube, sie hasste mich eine Zeitlang dafür. Doch immerhin bekam sie bald wieder eine recht ordentliche Bullyfigur.

Ein Herz und eine Seele waren Luna und Cher jedoch immer dann wenn es darum ging gemeinsam den Mülleimer auszuleeren um den Inhalt nach Fressbarem zu durchsuchen. Wenn wir mal vor Verlassen des Hauses vergaßen den Eimer hochzustellen, fanden wir später den geplünderten Inhalt in der ganzen Wohnung verstreut vor. Einmal kamen wir vom Einkaufen nach Hause und die Beiden begrüßten uns mit Kaffeesatz an den Nasen. Den hatten wir am Morgen erst in den Müll gegeben und so wussten wir gleich was uns erwartete. Luna schaute wenigstens schuldbewusst drein, doch Cher tat unschuldig, als hätte sie mit der Unordnung überhaupt nichts zu tun.

Genauso einig waren sich die zwei auch als wir mit ihnen eine Fahrt auf einem Schiff machten. Nur jedoch, dass es diesmal Beide gar nicht toll fanden. Kaum nahm das Schiff Fahrt auf zitterten unsere beiden Ladys um die Wette und Luna ließ sich sogar dazu hinreißen, ohne Hemmungen ihr Geschäft unter sich zu machen. Cher verhielt sich tapferer, musste dann aber ebenfalls sofort pullern nachdem wir das Schiff verlassen hatten. Im Gegensatz zu Cher liebte Luna es lange spazieren zu gehen. Sie war zu jeder Tages- und Nachtzeit zu einem Spaziergang bereit. Außer wenn es regnete, Regen hasste sie und auch pappiger Schnee unter den Pfoten war ihr zuwider. Hatte sie gar Schnee zwischen den Ballen so hob sie das betroffene Pfötchen demonstrativ hoch und humpelte auf drei Beinen. Wollte man sie jedoch vom Schnee befreien schrie sie wie am Spieß, bevor man ihre Pfote überhaupt berührt hatte. Wir ernteten dann oft misstrauische Blicke von Passanten die wohl mutmaßten wir würden unseren Hund schlagen. Das konnte manchmal schon ganz schön peinlich sein.

Eines Tages blutete Lunas Vorderpfote plötzlich stark, sie hatte sich irgendwo, vermutlich beim Herumtoben, die Daumenkralle eingerissen. Wie und wo das passiert war konnten wir später nicht mehr nachvollziehen, da Luna die blutende Wunde entweder ignorierte oder sie überhaupt nicht bemerkt hatte. Als wir die Verletzung entdeckten brachten wir sie umgehend zur Tierärztin. Die entschied sich die Kralle zu ziehen, da sie sonst nicht richtig abheilen würde und die Gefahr einer Infektion bestand. Das bedeutete einen zwar schnellen, aber sicher auch schmerzhaften Eingriff für unsere kleine Prinzessin. Wie erwartet schrie sie die ganze Praxis zusammen und versuchte sogar die Tierärztin zu beißen, als die ihr schließlich einen Verband anlegte.

Wir wurden angewiesen ihr die Pfote jeden Tag in Tee zu baden. Das war natürlich leichter gesagt als getan und hatte ein tägliches Geschrei zur Folge, so dass wir alle froh waren als die Kralle endlich wieder heil war.

Es war kurz vor Weihnachten da konnte Luna während eines Spaziergangs plötzlich nicht mehr laufen, sie schrie ganz fürchterlich und fiel immer wieder um. Wir vermuteten mindestens einen Bandscheibenvorfall und brachten Luna sofort zu unserer Tierärztin. Doch deren gründliche Untersuchung brachte nichts zutage, weshalb sie mutmaßte, dass es sich wohl eher um eine psychosomatische Sache handeln würde. Sie kannte unsere kleine Drama-Queen inzwischen gut und wusste um ihre Eigenheiten.

Luna bekam ein Schmerzmittel gespritzt und die Tierärztin beruhigte uns, dass es ihr am nächsten Tag bestimmt wieder gut ginge. Trotzdem verbrachten wir eine schlaflose Nacht, doch am nächsten Morgen bewahrheitete sich die Diagnose der Tierärztin. Luna war über Nacht gesund geworden und hüpfte und sprang herum, als wäre nie etwas gewesen.

Außer unseren Wanderungen liebte Luna auch den Aufenthalt am Meer, wobei sie jedoch aufpasste, dass sie höchstens mit den Pfötchen im Wasser stand. Sie dachte nicht daran weiter hinein zu waten und Schwimmen kam für sie überhaupt nicht in Frage.

Ich wollte jedoch unbedingt wissen ob sie überhaupt schwimmen konnte. Deshalb trug ich sie an einem schönen warmen Tag ein Stück ins tiefere Wasser und ließ sie los. Luna schwamm eilig zurück ans Ufer, wo sie sich empört schüttelte, so dass das Wasser nach allen Seiten spritzte. Ihr Blick sagte mir: Das machst du nicht nochmal mit mir. Aber ich hatte gar nicht die Absicht. Ich wusste ja jetzt, dass sie notfalls schwimmen konnte und war zufrieden. Falls sie ins Wasser fiele so würde sie nicht gleich ertrinken.

Auch wenn sie dem Wasser lieber fernblieb gefiel Luna am Meer vor allem der Sandstrand. Voller Eifer grub sie dort nach Krebsen und wenn sie einen fand, verputzte sie ihn bis auf den letzten Rest.

Auf die Krebse wurde sie durch Cher aufmerksam, die ja immer und überall auf der Suche nach Essbarem war, so auch am Strand. Während Cher schnüffelnd am Wasser entlang lief kroch ihr ein seltsames Tier über den Weg, an dem sie neugierig schnupperte. Das passte dem Krebs nicht, er griff mit seinen Scheren zu und hing an Chers Lefze. Nach einem kurzen Moment des Erstaunens schüttelte sie ihn ab, ging aber sofort nochmal hin um erneut an ihm zu schnuppern. Vermutlich dachte sie: „Das wagt der kein zweites Mal." Doch schwupps, ehe sie sich versah hing er erneut an ihrer Lefze.

Luna hatte das kleine Intermezzo beobachtet und beschloss nun ebenfalls sich das Tier näher anzusehen, dass Cher da von der Schnauze baumelte. Sie beschnüffelte den Krebs und fand wohl, dass er sehr lecker roch. Ehe Cher wusste wie ihr geschah zupfte Luna ihr den Krebs von der Lefze und fraß ihn samt Beinen und Scheren auf. Er muss ihr ausgesprochen gut geschmeckt haben, denn seitdem verbrachte sie die Zeit am Strand am liebsten mit der Jagd nach Krebsen.

Das erste Jahr mit Luna war schnell vergangen und unser Dalmatinerbully, wie wir sie scherzhaft wegen der vielen dunklen Punkte auf ihrem sonst weißen Fell nannten, hatte sich sehr gut bei uns eingelebt. Wir waren im Großen und Ganzen zufrieden mit ihrer Entwicklung und liebten sogar die Allüren unserer kleinen Prinzessin.

Luna war unser erster gemeinsamer Bully und wie später Jacqui und Rosi eine ganz besondere Herausforderung. Ich denke viele hätten ob der Schwierigkeiten und Altlasten aufgegeben, aber das war nie eine Option für uns. Einmal bei uns eingezogen waren und blieben alle Tiere ein Teil unserer Familie. Wir gingen gemeinsam durch dick und dünn und es gab nicht nur schöne Zeiten. Aber so ist das Leben, es gibt keinen

Sonnenschein ohne Regen und man kann gute Zeiten nur schätzen wenn man auch schlechte kennt. Jeder unserer Bullys hat mein Leben auf besondere Art und Weise geprägt und auch verändert. Auch wenn es Augenblicke gab die ich lieber nicht erlebt hätte, so möchte ich nicht einen einzigen missen, sind sie doch auch ein ganz wesentlicher Teil von mir.

Luna erzählt:
Ich gewöhnte mich schnell in unsere Mensch-Hunde-Gemeinschaft ein und schon bald verschwand meine heimliche Angst, dass ich abermals in das Tierheim zurückgebracht werden würde. Nein, hier würde mich niemand wegschicken, ich konnte die Liebe spüren die man mir entgegenbrachte.

Diese Sicherheit trug dazu bei, dass ich schnell gesund wurde und auch gut zunahm. Ich wurde ein richtig fesches Bullymädel, für das sich meine Fraulis nicht schämen brauchten und konnte schon bald gut mit der hübschen Cher mithalten.

Meine Fraulis meinten irgendwann dass mir der Besuch einer Hundeschule gut tun würde, also gingen wir dorthin. Mir war es Recht, ich lernte gerne etwas Neues dazu und es gefiel mir auch ganz gut dort. Als die Trainerin jedoch mit so einem komischen schwarzen Ding meinen Hals berühren wollte, bekam ich Angst. Während meiner Zeit als Zuchthündin hatte man mir einmal mit einem Gerät, dass ähnlich aussah, schlimme Schmerzen zugefügt. Damals war ich aus meinem Käfig ausgebüxt und der Mann wollte mich wieder dort hineinstecken. Als er mich in eine Ecke drängte und nach mir griff, habe ich ihm in die Hand gebissen. Da zog er dieses längliche schwarze Ding aus seiner Tasche und drückte es mir in die Seite. Es tat so weh dass ich vor Schmerz ohnmächtig wurde. Als ich erwachte lag ich wieder in meinem Käfig und mein ganzer Körper tat mir weh. Diesen Schmerz wollte ich nicht noch einmal erleben, deshalb biss ich panisch um mich als sich die Trainerin mit so einem Apparat meinem Hals näherte. Die Trainerin schaute mich entsetzt und mein Frauli mich verstört an. Dann versuchte sie mich zu beruhigen, was ihr erst nach einiger Zeit gelang.

Obwohl ich gesund war wurde ich eines Tages nochmals zu der Tierärztin gebracht und bekam dort eine Spritze, auf die mir erst übel und durch die ich dann sehr müde wurde. Dieser Zustand beängstigte mich, weil er ungute Erinnerungen in mir auslöste. Doch ich konnte gegen die Müdigkeit nicht ankämpfen und fiel in eine tiefe Schwärze. Als ich wieder erwachte fühlte ich mich schwach und mein Bauch tat weh. Nicht so weh wie damals, als man mir meine Babys aus dem Bauch geschnitten hat, aber die Erinnerung setzte sich in meinem Kopf fest. Was war bloß mit mir geschehen? Ich konnte mir keinen Reim darauf machen, denn Babys hatte ich keine. Waren sie etwa tot, so wie damals? Dann waren plötzlich meine Fraulis wieder da und brachten mich nach Hause. Dort ging es mir zwar bald wieder besser, nur war ich immer noch schläfrig und fühlte mich seltsam verwirrt.

Diese Verwirrung blieb hartnäckig in meinem Kopf hängen. Sie ließ mich misstrauisch reagieren und brachte ungute Erinnerungen zurück, die ich eigentlich längst vergessen wähnte: Die schreckliche Zeit, die ich überwiegend im Dunkeln verbringen musste. Den Hunger, der mein täglicher Begleiter war. Aber vor allem die Menschen, die mir nie etwas Gutes, aber viel Schlimmes angetan hatten. In mir reifte die Erkenntnis, dass man den Menschen nicht vertrauen konnte.

Nur meinen beiden Fraulis vertraute ich weiterhin, sie hatten mir noch nie etwas Böses angetan. Einmal abgesehen von den völlig überflüssigen Maßnahmen denen sie mich unterzogen, wenn es um die kleinen Blessuren ging, die ich hin und wieder einmal hatte. Meinen Fuß zu baden und zu verbinden wegen einer abgerissenen Kralle oder einem kleinen Schnitt war doch absolut nicht notwendig. Vor allem weckte es ungute Erinnerungen, wenn ich festgehalten und behandelt wurde. Dann kam die Angst in mir hoch, dass man mir wieder wehtun würde. Das versuchte ich meinen Fraulis klarzumachen indem ich mich kräftig wehrte und schimpfte sobald sie mich wegen einer Verletzung behandeln wollten. Doch leider ließen sie sich dadurch nicht davon abhalten mich zum Tierarzt zu bringen oder selbst zu verarzten.

Am Abend nach meiner Operation kamen ein paar Freundinnen zu uns, die schon öfter da waren. Ich lag dösend in meinem Körbchen, die Verwirrung in meinem Kopf war immer noch da. Es machte mich nervös, dass nebenan gesprochen und gelacht wurde, überhaupt dass jemand da war der nicht hierher gehörte. Deshalb stand ich aus meinem Körbchen auf und lief ins Wohnzimmer.

Die Besucherinnen sprachen mich an und lachten, eine streckte mir die Hand entgegen. Wollte sie mir etwas tun? Ich spürte wie Furcht in mir hoch kroch. Doch ich wollte mich nicht mehr fürchten, vor Niemandem mehr. Deshalb nahm ich meinen ganzen Mut zusammen und schnappte nach der hingehaltenen Hand.

Mit einem erschrockenen Aufschrei zog die Frau ihre Hand zurück und streckte mir ein Bein entgegen, wohl um mich aufzuhalten. Also schnappte ich nach ihrem Bein und als sie es schnell zurückzog, wollte ich nochmals zubeißen. Doch da wurde ich gepackt und hochgehoben. Ich zappelte empört, doch mein Frauli ließ mich nicht los, sondern trug mich zurück zu meinem Korb und setzte mich hinein. Ratlos schaute sie auf mich herab, dann schüttelte sie den Kopf und ging zur Tür. „Du bleibst besser hier", sagte sie zu mir und klang traurig. Dann ging sie hinaus und schloss die Tür hinter sich.

Als die Freundinnen fort waren kam sie zu mir und streichelte mich. „Was ist bloß los mit dir?", fragte sie besorgt. „Das hast du doch noch nie gemacht."

Doch das wusste ich selbst nicht genau. Ich wusste nur, dass ich es nicht mehr mochte von anderen Leuten angefasst zu werden. Das durften bloß noch meine Fraulis.

Mein Zusammenleben mit Cher war hingegen recht locker. Sie kümmerte sich meist nur um ihre eigenen Belange, die sich hauptsächlich um Essen drehten. Nach meiner klaren Ansage an sie am Tag unseres Kennenlernens war die Rangordnung zwischen uns geklärt und Cher hat sie danach nicht mehr ernsthaft in Frage gestellt.

Ich mochte Cher ganz gerne, obwohl mich mit ihr kaum Gemeinsamkeiten verbanden. Nun ja, ein paar kleine Streiche heckten wir manchmal gemeinsam aus, etwa das Ausplündern des Mülleimers, wenn die Fraulis mal vergessen hatten ihn hochzustellen. Es machte uns Beiden auch großen Spaß Zeitungen in kleine Schnipsel zu verwandeln und überall zu verstreuen. Wenn wir alle gemeinsam spazieren gingen hielt sich zwar Chers Begeisterung in Grenzen, aber mir gefiel es gut mit ihr all die interessanten Stellen zu beschnuppern, die sie ausfindig machte. Cher hatte vor nichts Angst, ihre Nähe gab mir Sicherheit.

Wir gehörten halt zusammen, Cher, Tinka, ich und unsere Fraulis. Und ich hätte nie daran gedacht, dass Cher eines Tages nicht mehr da sein würde.

Kapitel 6:
Jacqui

Jacqui

Cher war eigentlich ihr Leben lang mit einer wahren Rossnatur gesegnet und höchstens ein oder zwei Mal krank gewesen. Was sie schon alles gefressen und getrunken hatte ohne dass es ihr geschadet hat, hätte vermutlich manchen anderen Hund umgebracht. Den Tierarzt sah sie meist nur zur jährlichen Impfung.

Doch Ende November ging es ihr plötzlich nicht mehr gut. Die Tierärztin konnte konnte jedoch außer einem geblähten Bauch nichts feststellen und diagnostizierte eine Verdauungsstörung. Cher liebte schon immer Wärme, im Sommer lag sie am liebsten in der prallen Sonne und im Winter vor dem bullernden Ofen, natürlich in eine weiche Decke eingehüllt und schlief. Sie erinnerte mich dann manchmal an einen Papagei, legte man eine Decke über sie nahm sie das als Aufforderung zu schlafen. Sie schlief sehr gerne, am liebsten dreiundzwanzig Stunden am Tag. Neben Fressen war Schlafen ihre größte Leidenschaft.

So lag sie auch am 21. Dezember 2011 vor ihrem geliebten Ofen und schlief. Doch leider wachte sie dieses Mal nicht mehr auf. Ganz still und leise hatte sie sich aus unserem Leben geschlichen.

Cher war eine außergewöhnliche Hündin gewesen und der erste Bully den ich kennenlernen durfte. Ja durfte, denn mittlerweile bin ich der Meinung, dass jeder der dieses Privileg nicht hat etwas versäumt. Sie hat uns so oft zum Lachen gebracht mit ihren schrulligen Eigenheiten und war nie, auch nur ansatzweise, ungut zu Kindern, ganz egal wie sich diese verhielten. Wenn es ihr zu viel wurde ging sie einfach weg.

Obwohl sie Wasser in ihrem Fell hasste gab es kein Schlammloch, in dem sie sich nicht ausgiebig wälzte. Keine Mahlzeit, von der sie nicht mit anklagendem Blick einen Anteil einforderte. Und keine Nacht in der sie nicht schnarchte wie ein Holzfäller. Nie war sie ein Hund der leisen Töne gewesen sondern immer selbstbewusst und laut. Und jetzt hatte unser Weibi einfach still und leise die Reise über die Regenbogenbrücke angetreten.

Für Helga und mich war Chers plötzlicher Tod natürlich ein Schock - dass es so kurz vor Weihnachten geschah machte uns noch trauriger.
Luna trauerte mehr um ihre Partnerin als wir es erwartet hätten. Die Beiden hatten nie zusammen in einem Körbchen gelegen oder miteinander gekuschelt. Doch sie hatten viele Stunden täglich miteinander verbracht, während Helga und ich unserer Arbeit nachgingen.
Vor allem aber hatte sich Luna viel von Cher abgeguckt. Als sie zu uns kam kannte sie so gut wie nichts, durch Cher erfuhr sie wie ein gutes Bullyleben funktionierte und Spaß machte. Zu allem hatte Cher immer ihre ganz spezielle Meinung vertreten und ihr Wissen großzügig an Luna weitergegeben. Sie war ihr Vorbild gewesen. Und nun lag sie da, kalt und starr.

Da Cher spät am Abend gestorben war legten wir sie über Nacht ins Arbeitszimmer. Luna ging immer wieder in das Zimmer und beschnüffelte sie. So als könne sie nicht glauben, dass ihre Kameradin tot ist. Wir wussten nicht ob sie schon einmal einen toten

Hund gesehen hatte. Aber die Endlichkeit des Lebens war ihr anscheinend klar und sie ahnte zumindest, dass Cher nie mehr aufstehen würde.

Sogar Tinka kam öfter von ihrem Kratzbaum herunter um an Cher zu schnüffeln, auch sie schien traurig über ihren Tod, obwohl sie sich gegenseitig nur wenig beachtet hatten.

Für uns hatte es eigentlich immer den Anschein gehabt Luna und Cher hätten nicht viel gemeinsam. Für Cher war es immer wichtig gewesen, dass sie tun und lassen konnte was sie wollte, ein anderer Hund war ihr dabei eher hinderlich. Doch für Luna war sie der Fels in der Brandung gewesen, als sie bei uns eingezogen war. Sie hatte nichts gekannt, kein normales Hundeleben in einer Familie, keine Spaziergänge und kein faules Bullyleben. Cher hatte es ihr einfach vorgelebt und Luna hatte es ihr nachgemacht. Es war zwar nicht immer in unserem Sinn was Cher ihr zeigte, so wie etwa das Ausräubern des Mülleimers. Doch Cher hatte Luna ganz selbstverständlich als weiteres Familienmitglied akzeptiert, Eifersucht war ihr fremd gewesen. Helga und ich trauerten ebenfalls sehr und, dass Weihnachten so kurz bevorstand, machte es irgendwie noch schlimmer. Der Anblick von Chers leerem Körbchen war nur schwer zu ertragen. Ebenso wie Lunas verlorener Blick - es schien als hätte sie jeden Lebensmut verloren.

Ich sprach es schließlich aus: „Wir sollten uns so schnell wie möglich einen neuen Hund anschaffen. Für Luna und auch für uns selbst." Cher, so war ich mir sicher, würde es uns nicht übel nehmen.

Sie würde wissen, dass wir sie weiterhin lieben und niemals vergessen würden.

Helga stimmte schließlich zu, auch für sie war es wichtig, dass Luna so bald wie möglich wieder einen Hund zur Seite bekam. Wir setzten uns auf die Couch, Luna zwischen uns, und schauten uns die Inserate von Hunden an, die ein neues Zuhause suchten. Unser Augenmerk fiel auf eine Anzeige in der stand, dass Jacky, ein achtzehn Monate alter französischer Bull-doggenrüde ins Tierheim müsste, wenn er nicht schnell neue Besitzer fände. Seine Leute würden sich trennen, stand dabei, und falls sich bis Weihnachten kein neues Zuhause für ihn finden ließ, würde er ins Tierheim kommen.

Er gefiel uns sofort, der hübsche schwarzweiße Scheckenbully, der uns von dem Foto anschaute. Kurzerhand rief ich deshalb die angegebene Nummer an und die Besitzerin meinte, wir sollen doch einfach mit Luna zu einer Hundespielrunde vorbeikommen. Ich sagte zu und wir vereinbarten noch für denselben Tag einen Besuchstermin.

Als wir bereits unterwegs waren überfiel uns dann doch ein komisches Gefühl. War es wirklich das Richtige, was wir im Begriff waren zu tun? Oder hatten wir vielleicht doch zu voreilig gehandelt und gründlicher überlegen sollen, ob es tatsächlich schon an der Zeit war einen neuen Hund in unser Leben zu holen?

Würde Luna überhaupt einen neuen Kameraden akzeptieren, so kurz nach Chers Tod? Was, wenn die Hunde sich nicht riechen konnten? Doch nun waren wir schon fast dort, also würden wir uns den Hund wenigstens anschauen. Falls es nicht passen sollte, konnten wir ja immer noch absagen.

Pünktlich zum vereinbarten Zeitpunkt trafen wir an der angegebenen Adresse ein und klingelten. Luna war natürlich dabei, schließlich war sie der entscheidende Faktor für Kauf oder Nichtkauf. Doch unsere heimlichen Ängste waren unbegründet.

Sobald Luna und Jacky sich sahen war es um Beide geschehen. So als würden sie sich schon lange kennen fingen sie sofort an miteinander zu spielen. Hätten wir es nicht besser gewusst, hätten wir vermutet, die Beiden kannten sich schon sehr lange. Sie tollten so lange herum bis Jacky sich erbrach und sein Frauli ihn ins Haus schickte.

Es gibt Augenblicke in unserem Leben die man wohl nie vergisst. So einen Augenblick bescherten uns damals Luna und Jacky. Luna war ja eigentlich eine Hündin die nie spielte, schon gar nicht mit anderen Hunden. Sie war die, die immer im Hintergrund blieb und ihre eigenen Wege ging, jedoch immer ein wachsames Auge auf ihr Rudel gerichtet.

Doch als sie und Jacky sich an diesem Tag trafen war es als würden sie sich schon ewig kennen und hätten sich nach einer langen Zeit wiedergefunden. Da war eine Freude in Lunas Augen, wie ich sie bis dahin noch nie bei ihr gesehen hatte. Diese Freude war es die mein Herz unheimlich berührte. Da wusste ich es: Diese Beiden waren für einander geschaffen.

Alle unsere Hunde, die ein Zweiergespann bildeten, kamen gut mit einander aus. Cäsar und Cher und später

Cher und Luna waren durch Zuneigung miteinander verbunden. Aber das was Luna und Jacky miteinander verband das war reine Liebe. Anders kann ich es nicht ausdrücken. Die Beiden waren füreinander geschaffen, waren zwei und doch eins.

Eigentlich war es für Helga und mich schon klar, dass wir den hübschen Bub auf jeden Fall nehmen würden. Wir hatten Luna noch nie mit einem Hund so freudig spielen gesehen wie mit Jacky. Weder Cher noch Cäsar hatten sie überhaupt einmal zum Spielen animieren können. Uns war sofort klar, die Beiden waren ein richtiges Dream-Team.

Trotzdem erbaten wir uns noch eine Nacht Bedenkzeit. Jackys Besitzerin war davon überhaupt nicht begeistert, sie meinte mürrisch wenn wir uns bis zum nächsten Tag nicht melden würden brächte sie ihn ins Tierheim, da sie noch vor Weihnachten umziehen würde und er nicht mit könnte.

Obwohl wir uns durch diese Aussage unter Druck gesetzt fühlten sagten wir noch am selben Abend telefonisch zu, schließlich war es offensichtlich dass Luna und Jacky zusammen gehörten. Es war zwischen den Beiden tatsächlich die vielzitierte Liebe auf den ersten Blick.

Helga fuhr am nächsten Morgen also nochmals hin um Jacky abzuholen. Die Frau ließ sich nicht mehr blicken, nur der Mann kam herunter, erzählte sie mir später. Er hatte Jacky auf dem Arm und fragte zuerst ob Helga den vereinbarten Betrag dabei hätte. Nachdem sie ihm das Geld ausgehändigt hatte, legte er ihr den Hund in den Arm und drückte ihr den Impfpass in die Hand. Ohne Jacky auch noch einmal anzusehen verschwand er im Haus.

Jacky schien ebenfalls keine Bindung zu dem ehemaligen Herrchen zu haben, er revanchierte sich indem er ohne einen einzigen Blick zurück neben Helga zum Auto lief und so selbstverständlich einstieg, als würde er schon immer zu ihr gehören. Da er nur ein schäbiges Halsband anhatte und auch seine Leine ziemlich zerfleddert war fuhr Helga erst mit ihm zum Shoppen in ein Tiergeschäft, wo er neu ausstaffiert wurde bevor sie ihn heim in sein neues Leben brachte.

Getreu unserem Motto: Neues Leben, neuer Name, tauften wir Jacky in Jacqui um, die französische Form seines ehemaligen Namens. Noch machte er seinem vornehmen Namen keine Ehre, er war sehr mager und machte einen vernachlässigten Eindruck auf uns. Was, wie wir später erfuhren, durchaus auch so war. Er war von seinen früheren Besitzern überwiegend mit Essensresten gefüttert worden und kam auch nur zweimal am Tag kurz nach draußen, um sein Geschäft zu erledigen. Gleich nach seinem Einzug bei uns zeigte er uns, dass er keinerlei Erziehung kennengelernt hatte, denn er markierte sofort die ganze Wohnung, Angefangen beim Türstock nahm er sich nach und nach alle Möbel vor. Wir konnten gar nicht so schnell reagieren.

Außerdem pöbelte er beim Spaziergang jeden Hund an, der uns begegnete und zeigte eigentlich jeden Tag neue Unarten. Wir merkten schnell dass Jacqui nicht der Glücksgriff war, den wir uns erhofft hatten.

Auf der anderen Seite entpuppte er sich als wahrer Herzensbrecher bei Luna. Sie blühte zusehends auf und sprühte förmlich vor Fröhlichkeit, die wir an ihr bisher so gar nicht gekannt hatten. Beide hatten sie so viele Gemeinsamkeiten, dass wir sie spaßhaft als altes Ehepaar bezeichneten.

Sie liebten es draußen zu sein, doch wenn sie im Haus waren lagen sie nur gemeinsam in einem Körbchen. Ganz selbstverständlich drehte sich Jacqui dann zu Luna hin, um sich von ihr putzen zu lassen, was sie mit wahrer Leidenschaft tat. Ohne Zweifel tat der wilde Bua unserer Prinzessin sehr gut.

Leider entdeckten wir kurz nach Jacquis Einzug bei Luna einen kleinen Knoten an der hinteren Zitze, was uns natürlich Anlass zu großer Sorge gab. Wir fuhren deshalb mit Luna zu unserem früheren Tierarzt, um sie untersuchen zu lassen. Nach dem überraschenden Tod von Cher hatten wir das Vertrauen in unsere Tierärztin verloren.

Leider war eine Operation unausweichlich, wir hatten es schon geahnt. Was uns dabei am meisten belastete war die Sorge, dass Luna sich erneut vom Wesen her verändern würde, so wie es bei ihrer Kastration der Fall gewesen war.

Zu unserer Erleichterung erwies sich unsere Angst jedoch als unbegründet, Luna überstand die OP gut und der haselnussgroße Knoten konnte vollständig entfernt werden. Obwohl sich herausstellte, dass er bösartig war standen die Chancen gut, dass er nicht wieder kam.

Immerhin kam mit Jacqui nicht nur mehr Stress und Ärger, sondern auch mehr Leben ins Haus. Er liebte alle Menschen, egal ob Erwachsene oder Kinder. Doch es zeigte sich auch immer mehr, dass er kaum Erziehung genossen hatte. Im Grunde war er ein sehr lieber Hund, doch wenn ihm etwas nicht passte, dann konnte er auch anders. Ging etwas nicht nach seinem Kopf, so schnappte er schon einmal nach uns. Auch das Markieren im Haus behielt er bei, sodass uns schnell klar wurde, dass zwei Dinge geschehen mussten: Zum einen mussten wir Jacqui schleunigst kastrieren lassen und zum anderen würden wir mit ihm die Hundeschule besuchen.

In der Hundeschule nahm man uns mit gemischten Gefühlen auf, da wir mit Luna dort nicht gerade den besten Eindruck hinterlassen hatten. Da Jacqui auf mich etwas besser hörte als auf Helga, oblag es wieder einmal mir mit ihm zu trainieren.

Leider waren meine Bemühungen trotzdem nicht von Erfolg gekrönt. Jacqui lernte zwar schnell und befolgte meine Anordnungen auch willig, doch nur wenn er gerade wollte. Das war leider nicht immer der Fall und so kam es, dass wir die Prüfung nicht schafften.

Eigentlich hatte alles ganz gut geklappt und wir waren schon fast durch. Dann kam der Teil bei dem sich Jacqui ablegen musste, ich wegging und er mir nicht folgen durfte. Das klappte ebenfalls, er lag entspannt da und wartete auf meinen Zuruf um dann zu mir zu kommen.

Doch bevor es dazu kam lief ein anderer Hund in sein Blickfeld und Jacqui hielt nichts mehr auf seinem Platz.

Er sprang auf und stolzierte provokant auf den Hund zu, meine Rufe ignorierte er geflissentlich. Damit war die Prüfung gelaufen und wir natürlich durchgefallen.

Da uns in Kürze wieder einmal ein Umzug bevorstand und dadurch die Entfernung von der neuen Wohnung zur Hundeschule zu groß war verzichtete ich darauf mit Jacqui die Prüfung zu wiederholen.

Unsere alte Wohnung hatte uns eigentlich gut gefallen, doch leider wurde die Miete ständig erhöht. Außerdem musste das Holz für den Ofen im Wohnzimmer immer mühsam aus dem Keller in den ersten Stock getragen werden und nicht zuletzt fuhr ganz in der Nähe die Bahn vorbei, deren Lärm uns vor allem nachts störte.

In der neuen Wohnung lebten wir uns schnell ein und auch die Hunde und Tinka fühlten sich dort sofort wohl. Leider änderte sich jedoch nichts an Jacquis Benehmen, er wurde immer rüpeliger, besonders Helga gegenüber. Zu allem Übel wurde Luna plötzlich inkontinent, so dass wir ihr daheim eine Windel anzogen. Kamen wir jedoch von der Arbeit nach Hause hatte sie keine Windel mehr an, ob sie sich diese selbst ausgezogen oder Jacqui es gemacht hatte, blieb das Geheimnis der Beiden.

Auf jeden Fall beschlossen wir daraufhin, dass die Hunde während unserer Abwesenheit nicht mehr frei in der Wohnung umherlaufen durften. Dazu richteten wir ihnen ein gemütliches Hundezimmer ein, indem sie bis zu unserer Rückkehr bleiben mussten.

Das passte den Zweien jedoch überhaupt nicht, besonders Jacqui führte sich auf wie ein wildes Tier, sobald er in das Zimmer musste. Er war dann kaum noch zu bändigen und es kam mehrmals vor, dass er aus Zorn nach Helga schnappte. Das wollten und konnten wir ihm nicht durchgehen lassen, also suchten wir uns Hilfe bei einem Hundetrainer, der ins Haus kam.

Doch leider erwies sich auch diese Idee als nicht besonders gut. Der Trainer, der eines Tages vor der Tür stand, war etwa einsneunzig groß und wog sicher um die hundert Kilo. Auf Jacqui wirkte er am Anfang zwar einschüchternd, doch das hielt nicht lange an.

Für Luna hingegen schien der Mann der Inbegriff eines Monsters zu sein, schon sein bloßer Anblick machte sie so fertig, dass sie unter sich pinkelte vor Angst. Sie hatte offensichtlich ihre schlechten Erfahrungen mit Männern nie überwunden und durch die Anwesenheit des Trainers kam die Erinnerung an ihre Vergangenheit wieder hoch. Das konnten wir ihr auf keinen Fall zumuten, deshalb verzichteten wir auf weitere Besuche des Trainers.

Jacqui war das vermutlich nur Recht, ihm gefiel das Training sowieso nicht besonders. Zudem waren Helga und ich nicht wirklich davon überzeugt, dass die Trainingsstunden sein Verhalten tatsächlich zum Positiven verändert hätten.

Jacqui war und blieb ein widerspenstiger und sturer Bulldog, der schnell einmal zornig wurde wenn es nicht nach seinem Kopf ging. Durch die Kastration hatte er wenigstens mit dem Markieren aufgehört, ansonsten gab es jedoch keine Besserung in seinem Benehmen. Aber Luna liebte ihn abgöttisch, und er sie ebenfalls, das war für uns das Wichtigste. Doch Jacqui blieb eine harte Nuss für uns.

Zumindest bekam der Tierarzt Lunas Inkontinenz mit Hilfe von Tabletten wieder unter Kontrolle. Diese würde sie halt bis zu ihrem Lebensende täglich nehmen müssen. Trotzdem war es eine Erleichterung für sie und uns.

Wegen Jacquis Unverträglichkeit mit anderen Hunden vermieden wir normalerweise ein Zusammenzutreffen. Doch es gab eine Ausnahme: Ares, den Jack-Russel-Terrier eines befreundeten Paares. Weshalb Jacqui für Ares freundschaftliche Gefühle hegte haben wir nicht erfahren, vielleicht weil Luna Ares ebenfalls mochte. Auf jeden Fall konnten wir problemlos mit den drei Hunden Ausflüge unternehmen.

Meist waren Helga und ich jedoch mit unseren Hunden allein unterwegs. Da uns Jacqui wenn er nicht an der Leine lief nur wenig beachtete, versteckten wir uns einmal hinter Bäumen um zu testen ob er uns überhaupt vermissen würde.

Nachdem er bemerkt hatte, dass wir nicht mehr da waren, lief er hektisch schnüffelnd den Weg auf und ab. Seine Nase war aber wohl nicht die beste, auf jeden Fall fand er uns erst als wir nach ihm riefen.

Machten wir mit Luna das gleiche Spielchen so blieb sie einfach sitzen wo sie gerade war und wartete voller Vertrauen, dass wir zu ihr zurückkehren würden.

Wie mit fast allen Tieren die ihr begegneten hatte Luna auch mit Pferden keinerlei Probleme und keine Angst vor ihnen. Sie beschnupperte sie höchstens durch das Gatter und schaute ihnen zu. Eines Tages kamen wir an einer Pferdeweide entlang und ehe wir uns versahen, rannte Jacqui unter dem Holzzaun durch auf die Koppel und lief den Pferden zwischen die Beine. Anscheinend dachte er das seien große Spielkameraden für ihn. Zum Glück schienen die Pferde Hunde gewöhnt zu sein und scheuten nicht. Aber Luna hatte an dem Tag wohl Todesangst um ihren Jacqui und begann fürchterlich zu schreien, so wie sie es tat wenn sie Albträume hatte. Wir konnten sie einfach nicht beruhigen, sie hörte erst auf zu schreien als Jacqui wieder bei ihr war. Doch seitdem mochte sie Pferde nicht mehr und begann hysterisch zu bellen, sobald wir auf welche trafen.

Jacqui benahm sich uns gegenüber weiterhin als Rüpel und Macho, in manchen Dingen war er aber ein richtiges Weichei. Bei seinen Vorbesitzern war er ja immer nur kurz raus gekommen, weshalb die Ballen seiner Pfoten zart und rosa wie die eines Welpen waren. Als wir das erste Mal mit ihm durch Schnee liefen stakte er förmlich durch die weiße Pracht und blieb alle paar Meter stehen, um abwechselnd anklagend ein Pfötchen hochzuhalten. Für vorbeigehende Passanten sah das lustig aus, das war es für unsere kleine Mimose allerdings überhaupt nicht.
Ein andermal begann er plötzlich mit einem Bein zu humpeln und hüpfte schließlich nur noch auf drei Beinen. Wir machten uns schon Sorgen weil wir wussten dass er eine lockere Kniescheibe hatte. Zum Glück befanden wir uns schon auf dem Heimweg und

schauten Zuhause sofort nach. Wir entdeckten einen Kaugummi, in den er hineingetreten war, zwischen seinen Ballen. Nachdem wir ihn halbwegs entfernen konnten, ging es Jacquis Pfötchen sofort wieder gut.

Wenn es ihm auf einem Spaziergang zu warm wurde legte er sich einfach unter einen Baum oder Busch in den Schatten. Wir waren dann gezwungen zu warten bis er wieder weiter laufen wollte.

Trotz, oder vielleicht sogar wegen seiner vielen Unarten, schlich sich Jacqui fest in mein Herz und ich liebte ihn bald genauso wie ich Luna liebte. Ich hätte uns allen so sehr gewünscht dass wir viele wunderschöne Jahre zusammen verbringen würden, doch leider war es uns nicht vergönnt.

An einem wunderschönen sonnigen Tag beschlossen wir mit unseren Hunden eine Wanderung auf unseren Hausberg zu unternehmen. Nachdem wir schon eine ganze Weile unterwegs waren ließ ich Jacqui von der Leine. Luna lief auf unseren Wanderungen stets frei und ich war überzeugt Jacqui würde, wie sonst auch, in ihrer Nähe bleiben. Ein folgenschwerer Irrtum, den ich bis heute bereue.

Es gab nur den schmalen Fußpfad auf dem wir liefen, er schlängelte sich durch unwegsames, felsiges Gelände, rechts und links von nicht allzu hohem aber fast undurchdringlichem Bewuchs gesäumt.

Wir wissen bis heute nicht was Jacqui plötzlich dazu bewogen hat sich durch das verwilderte Gestrüpp zu zwängen. Ob ihm die Spur eines Tieres in die Nase gestiegen war, der er folgen wollte. Oder war es der Ruf seines Schicksals, der ihn von uns wegzog und den nur er hören konnte?

Hilflos mussten wir zusehen wie er sich zielstrebig immer tiefer in die Büsche arbeitete und sich dabei immer weiter von uns entfernte. Panisch rief ich seinen Namen, er blieb auch einen Moment stehen und drehte sich nach uns um. Ganz kurz sah es aus als zögere er, doch dann lief er entschlossen tiefer in das dichte Gewirr aus Sträuchern und Steinen und war bald nicht mehr zu sehen.

Natürlich versuchte ich ihm zu folgen, immer wieder nach ihm rufend. Doch musste ich bald einsehen, dass ich ihn in dem unwegsamen Gelände nicht finden konnte. Zwischen den Felsbrocken und Büschen taten sich immer wieder unvermutet tiefe Spalten im Boden auf, die oft von Gestrüpp überwuchert waren. Es war ziemlich gefährlich in diesem Gebiet außerhalb der ausgewiesenen Pfade zu laufen. Gefährlich für einen Menschen und noch viel mehr für einen kleinen Hund. Schließlich drehte ich um und kämpfte mich auf den Pfad zurück.

Jaquis letzten Blick werde ich nie vergessen! Schließe ich meine Augen und denke an diesen schicksalhaften Tag, es war ein Montag der 11. September 2012, dann sehe ich diesen Moment immer und immer wieder. Es ist wie ein Film – ich rufe, mein geliebter Bua bleibt stehen, schaut mir ein letztes Mal in meine Augen und verschwindet dann – für immer.

Nur wer so etwas einmal erlebt hat weiß was es bedeutet mit so einem Ereignis zu leben. Es ist eine offene

Wunde, die nie wirklich heilt. Ich habe mir Vorwürfe gemacht und mich manche Nacht in den Schlaf geweint.

Was mich jedoch bis heute verwundert ist die Reaktion von Luna an diesem Tag. Sie, die Jacqui genauso geliebt hat wie ich, blieb irgendwie teilnahmslos als er verschwand. Sie versuchte weder ihm nachzulaufen noch bellte sie er solle zurückkommen, so wie sie es getan hatte als er zwischen die Pferde lief. Irgendwie machte sie den Eindruck als wisse sie, dass sie ihn nicht mehr wiedersehen würde.

Wir liefen noch endlos lange auf dem Weg vor und zurück, riefen immer wieder nach Jacqui und lauschten, ob er vielleicht bellte um uns zu rufen. Außer ein paar Vogelrufen war jedoch nichts zu hören. Er blieb wie vom Erdboden verschwunden. Helga und ich wurden immer panischer. Luna hingegen verfolgte nur apathisch unsere vergeblichen Bemühungen Jacqui zur Rückkehr zu bewegen. Einzig ihre Augen drückten eine Traurigkeit aus, die mir das Herz zerriss.

Nach einiger Zeit mussten wir einsehen, dass Jacqui nicht zurückkommen würde. Weder Helga noch ich wagten auszusprechen was wir dachten. Wir hofften nur inständig Jacqui würde irgendwie einen Weg aus dem Felslabyrinth finden, insgeheim befürchteten wir jedoch er sei in eine der vielen Felsspalten gefallen, lag vielleicht irgendwo verletzt oder gar tot. Oder er hatte sich eventuell mit seinem Halsband im Gestrüpp verfangen und konnte weder vor noch zurück.

Schließlich machten wir uns verzweifelt auf den Heimweg, denn wir hatten noch einen langen Weg vor uns. Voller Freude im Herzen waren wir aufgebrochen, nun gingen wir unglücklich nach Hause.

Tinka wartete, ganz gegen ihre Gewohnheit, bereits hinter der Haustür auf uns und starrte an uns vorbei, so als erwartete sie dass Jacqui ebenfalls herein kam. Als er nicht erschien schaute sie uns mit verständnislosem Blick an.

Luna schlich zu ihrem Körbchen und legte sich hinein. Ihr Blick lag, wie es mir schien, anklagend auf mir. Anfangs dachte ich, dass sie mir die Schuld gab, dass Jacqui verschwand. Aber heute glaube ich, dass sie einfach nur trauerte, um das was wir Beide verloren hatten.

Natürlich gab ich mir selbst die alleinige Schuld an Jacquis Verschwinden. Warum nur hatte ich ihn von der Leine gelassen? Ich wollte ihm eine Freude machen und nun trug ich schwer an dem Gedanken, ihn in ein ungewisses Schicksal geschickt zu haben. Als in dieser Nacht auch noch ein heftiges Gewitter über den Bergen niederging, quälten mich noch mehr Gewissensbisse. Jacqui hatte bei Gewitter stets panische Angst gezeigt, was würde er bloß machen, allein dort oben am dunklen Berg?

In den folgenden Tagen ließen wir nichts unversucht, um Jacqui wiederzufinden. Wir setzten Annoncen in die Zeitung und hängten überall Zettel aus mit seinem Bild und unserer Telefonnummer in der Hoffnung, dass ihn eventuell jemand gefunden und mitgenommen hatte. Wir bekamen sogar eine Rückmeldung, dass er gesehen worden sei. Das gab uns neue Hoffnung, doch immer wieder verlief sich seine Spur, niemand konnte uns etwas Konkretes sagen.

Ich weiß nicht mehr wie viele Tage lang ich allein auf den Berg ging, wo ich stundenlang nach ihm suchte, selbst an den unwegsamsten Stellen, doch leider ohne Erfolg. Kam ich dann allein und niedergeschlagen nach Hause, erwartete mich Luna mit, wie ich mir einbildete, vorwurfsvollem und resigniertem Blick. Die Verlorenheit in ihren Augen ließ mich einen letzten verzweifelten Schritt tun, ich bat eine Tierkommunikatorin mit Jacqui zu reden. Ich musste einfach wissen was ihm zugestoßen war.

Sie sagte mir er sei am Leben und wäre in einer Familie mit Kindern, es ginge ihm gut. Das beruhigte mich ein wenig, immerhin war er am Leben, auch wenn er vermutlich nicht mehr zu uns zurückkehren würde. Doch lange stellte mich diese Aussage nicht zufrieden, wenn ich später daran zurückdachte waren die Umstände seines Verschwindens einfach zu seltsam gewesen.

Als ich dann vor einiger Zeit den Roman von Gerdi M. Büttner „Mein Name ist Huth, Robin Huth" las beschrieb sie darin eine ähnliche Situation, wie die von Jacqui. Das riss bei mir die alte, nie verheilte Wunde wieder auf. Und nachdem ich auch noch erfuhr, dass Gerdi Tierkommunikation macht sah ich das als einen Wink des Schicksals.

Ich kontaktierte Gerdi, schilderte ihr was vorgefallen war und bat sie ein weiteres Gespräch mit Jacqui zu führen.

Gerdi sagte mir Jacqui sei tot, er sei bereits am Tag seines Verschwindens im unwegsamen Berggelände in eine Spalte gefallen und hätte sich eine Verletzung zugezogen, an der er schließlich gestorben sei. Das deckte sich mit meiner Vermutung über Jacquis Schicksal.

Der Kontakt zu Gerdi blieb bestehen, inzwischen sind wir befreundet und wenn man es so will ist Jacqui der Initiator, dass dieses Buch entstand.

Bevor Jacqui verschwand, hatten weder Helga noch ich etwas mit Facebook am Hut. Wir hatten kein Interesse an Medien dieser Art. Doch Jacquis Verschwinden änderte dies. Wir beide sahen darin eine Möglichkeit, unseren geliebten Bua vielleicht wiederzufinden und haben uns daraufhin dort angemeldet.

Im Nachhinein betrachtet, war Jacqui für eine Vielzahl von Ereignissen verantwortlich.

Durch Facebook haben wir viele neue Freunde gefunden und auch enge, langjährige Freundschaften geknüpft. Außerdem wären ohne Facebook weder Rosi noch Bela oder Ferdinand bei uns eingezogen.

Das Schicksal hat uns damals eine schwere Bürde auferlegt, aber trotz alledem viele neue Möglichkeiten aufgezeigt. Auch wenn es mich damals bis ins Innerste getroffen hat und ich fast daran zerbrochen wäre, so sehe ich es heute ein wenig anders. Es hat die

Wertigkeit bestimmter Dinge geändert. Es sind heute die Kleinigkeiten, die mir Freude und Frieden schenken und mich jeden Moment nutzen und genießen lassen, in dem Wissen, dass alles ganz schnell vorbei sein bzw. sich ändern kann. Jede einzelne Veränderung bringt auch eine neue Chance mit sich, man muss sie nur annehmen wollen. In der Vergangenheit zu leben, macht uns auf Dauer kaputt. Auch wenn immer ein wenig Wehmut dabei ist, die schönen Erinnerungen tun uns gut. Was wäre unser Leben ohne diese Erinnerungen? Es wäre schal und leer.

Und so fügt sich doch alles wieder zusammen – ohne Jacqui kein Facebook – ohne Facebook viele nicht geschlossene Freundschaften und ohne diese wäre dieses Buch nie geschrieben worden …

Luna erzählt:
Chers plötzlicher Tod traf mich hart, obwohl ich damit gerechnet hatte. Ich konnte den nahenden Tod an ihr riechen und sie wusste ebenfalls, dass es mit ihr zu Ende ging. Sie nahm es gelassen, es ging ihr nicht mehr gut und sie hatte Schmerzen, die sie allerdings vor unseren Fraulis zu verheimlichen suchte. Sie wollte nicht vom Tierarzt eingeschläfert werden, sondern lieber auf natürlichem Weg sterben - in ihrem Zuhause und zwischen denen, die sie geliebt hatte. Ich spürte es als ihre Seele den Körper verließ und fragte mich, wo sie wohl hin ging. Auch Tinka spürte es, sie kam leise von ihrem Kratzbaum herunter und setzte sich neben Cher, mit der

sie viele Jahre gelebt hatte und verabschiedete sich stumm. Die Fraulis konnten es gar nicht fassen dass Cher nicht mehr lebte, besonders Helga weinte sehr um sie. Aber auch Christine war untröstlich, obwohl sie Cher manchmal ausgeschimpft hatte, weil die immer nur auf ihren Vorteil bedacht war. Trotzdem hatte sie die kleine Pummelfee sehr geliebt. Für mich war Cher sehr wichtig gewesen, hatte sie mir doch sehr dabei geholfen mich frei und eigenständig zu entwickeln. Sie hatte nichts dagegen gehabt, dass ich in die Familie kam und solange sie machen konnte was sie wollte, war ich ihr nicht lästig. Obwohl sie mich die meiste Zeit ignorierte lernte ich viel von ihr. Vor allem wie man das Leben genießt, zum Beispiel wenn wir den Mülleimer plünderten. Chers furchtlose Art machte mir Mut, durch sie konnte ich meine Vergangenheit zwar nicht vergessen, aber meist erfolgreich verdrängen. Echte Freundinnen waren sie und ich zwar nie geworden, aber sie war eine Konstante in meinem Leben, auf die ich mich verlassen konnte. Ich vermisste sie einfach.

Das merkten auch die Fraulis und sie beschlossen möglichst bald einen neuen Gefährten für mich zu suchen. Das passierte ziemlich bald, und als sie losfuhren um ihn anzusehen durfte ich mit. Schon bevor ich ihn überhaupt sah durchfuhr mich ein Schauer. Und als er aus dem Haus auf mich zugerannt kam war er mir sofort so vertraut, als kenne ich ihn schon seit ewigen Zeiten. Ihm erging es ebenso und wir liefen aufeinander zu, umarmten uns und wussten wir gehörten zusammen. Auch die Fraulis erkannten, dass wir wie füreinander geschaffen waren und Jacqui durfte bei uns einziehen.

Zu seiner früheren Familie hatte er nie eine emotionale Bindung entwickelt, man hatte ihn aus einer Laune heraus angeschafft, doch schon sehr bald war man seiner überdrüssig geworden. Ähnlich wie ich in meinem früheren Leben befand er sich trotz Familie in einem Gefängnis aus Lieblosigkeit und Einsamkeit. Vielleicht war es das was uns zueinander hinzog.

Jacqui schaffte etwas was weder die Fraulis noch Cher mir vermitteln konnten: Er zeigte mir wie schön und aufregend das Hundeleben sein konnte. Er sprühte vor Lebensfreude und konnte nie genug bekommen, egal was er tat. Vielleicht ahnte er tief in seinem Herzen, dass ihm keine lange Zeit zu leben vergönnt war und wollte alles mitnehmen, was er in dieser kurzen Zeit bekommen konnte. Ihr Menschen würdet sagen:

Er lebte auf der Überholspur. Mich riss seine Lebenslust mit, ahnte ich doch wie er, dass uns nicht allzu viel Zeit miteinander vergönnt war. Doch egal wie kurz sie sein würde, wir wollten sie genießen.

Unsere Fraulis erkannten zum Glück nicht die Tragik, die hinter Jacquis Unrast und seinem für sie ungehobelten Benehmen stand. Oft waren sie verzweifelt und ratlos, weil er so gar nicht der Hund war den sie sich erhofft hatten. Jacqui stellte ihre Geduld auf eine harte Probe, er hatte seinen eigenen Kopf und wollte den auch durchsetzen. Es zeigte sich auch schnell, dass er bei seiner früheren Familie so gut wie gar nicht erzogen worden war und er weigerte sich hartnäckig, gutes Hundebenehmen zu lernen. Andererseits war er ein Charmeur und konnte sehr lieb sein. Unsere Fraulis wickelte er jedenfalls um die Pfote, trotz seiner Unarten war er bei ihnen bald der sprichwörtliche Hahn im Korb. Bei mir war er das sowieso, ich liebte ihn mehr als mich selbst.

Jener schicksalsschwere Tag, an dem er so plötzlich wieder aus meinem Leben verschwand wie er darin aufgetaucht war, begann mit wunderbarem Wetter und einer Bergtour. Helga und Christine, beide begeisterte Berggängerinnen, wanderten zügig bergauf. Im Gegensatz zu ihnen trabten Jacqui und ich eher unlustig neben ihnen her. Was uns verwunderte Blicke einbrachte, denn das waren die Fraulis nicht von uns gewohnt. Aber im Gegensatz zu Jacqui und mir ahnten sie ja auch nicht, dass heute etwas Unwiderrufliches geschehen würde. Was genau passieren würde wussten wir ebenfalls nicht, nur, dass heute der Tag war an dem Jacqui wieder gehen würde.

Wir Hunde kommen meist mit einem bestimmten Auftrag zu unseren Menschen, den wir jedoch bei unserer Geburt vergessen. Das ist bei euch Menschen übrigens nicht anders, man nennt es den Seelenvertrag. Jacquis Aufgabe war gewesen mir mein Vertrauen in mich selbst zurück zu bringen, mich zu lehren das Leben zu genießen und zu lieben. Er hatte seine Aufgabe erfüllt und musste an den Ort zurückkehren, den wir alle an unserem Lebensende aufsuchen.

Christine ahnte vermutlich nicht, dass sie Jacqui freigab als sie seine Leine löste. Er nutzte die Gelegenheit ohne zu zögern und lief in das unwegsame Berggelände hinein. Auf ihre Rufe blieb er noch einmal stehen und sah zurück. Dann folgte er dem Ruf, den nur er hören konnte.

Die Fraulis waren über Jacquis Verschwinden fassungslos und sehr traurig. Christine machte sich große Vorwürfe, weil sie ihn von der Leine gelassen hatte.

Sie fühlte sich auch mir gegenüber schuldig, das konnte ich spüren. Ich gab ihr natürlich keine Schuld, schließlich hatte auch ich Jacqui nicht halten können. Aber ich vermisste ihn so schrecklich, dass ich zu nichts mehr Lust hatte und nur noch traurig herumlag.

Das brachte die Fraulis auf die fatale Idee mir erneut einen Hund zur Seite zu stellen. Sie hatten alles Erdenkliche unternommen um Jacqui doch noch zu finden. Doch irgendwann hatten sie schließlich resigniert. Und dann den Beschluss gefasst mir einen Welpen zuzugesellen. Es war gut gemeint von ihnen, doch ihre Wahl gefiel mir gar nicht. Denn die kleine Rosi war ausgerechnet eine englische Bulldogge - eine Rasse, die ich gar nicht leiden mochte.

Kapitel 7:
Und dann kam Rosi

Rosi

Die Zeit nach Jacquis verschwinden war die Schlimmste in meinem bisherigen Leben. Ich habe mich nächtelang in den Schlaf geweint und nichts konnte mich trösten. Der Gedanke, dass er noch irgendwo am Berg war, vielleicht verletzt in einer Spalte gefangen saß und niemand hörte wie er um sein Leben schrie, brachte mich zum Verzweifeln. Zwei Wochen lang ging ich täglich allein zum Berg um nach Jacqui zu suchen, auf Wegen die keine waren und die ins Nirgendwo führten. Dass ich mich dabei selbst in Gefahr brachte interessierte mich nicht.

Um nichts unversucht zu lassen traten wir bei Facebook einer Hunde-Gruppe bei, die uns sehr bei unserer Suche nach Jacqui unterstützte, doch leider blieben alle Bemühungen ohne Erfolg.

In mir war etwas gestorben und mich plagten grauenhafte Schuldgefühle. Denn an jenem schicksalhaften Tag, eigentlich ein Traumtag mit strahlend blauem Himmel und fantastischem Wetter, hatten Helga und ich uns noch scherzend über Jacqui ausgelassen. Wir sinnierten darüber, dass Jacqui großes Glück hatte zu uns gekommen zu sein, da ihn vermutlich kein anderer Besitzer behalten hätte, nachdem er seine Unarten kennengelernt hatte.

Spätestens nachdem man bemerkt hätte wie schlimm er sein konnte wäre er ins Tierheim gekommen, oder man hätte ihn gar ausgesetzt. Nur dreißig Minuten später war Jacqui plötzlich für immer aus unserem Leben verschwunden.

Nach seinem Verschwinden veränderte sich Luna gravierend, sie wurde sehr ruhig und schlief viel.

Die Lebenslust, die sie in Jacquis Gegenwart gezeigt hatte, schien sie plötzlich verloren zu haben. Und wenn sie allein bleiben musste weil wir zur Arbeit gingen, so begann sie zu weinen und zu schreien.

Obwohl wir die Hoffnung auf Jacquis eventuelle Rückkehr noch nicht aufgegeben hatten, dachten wir darüber nach abermals einen neuen Gefährten für Luna zu suchen. Um zu testen wie sie auf andere Hunde reagierte, aber auch um sie etwas abzulenken, trafen wir uns deshalb öfter mal mit anderen Hunden und ihren Besitzern zum gemeinsamen Spaziergang.

Das stellte sich jedoch bald als keine so gute Idee heraus, denn von den meisten Hunden fühlte sich unsere Prinzessin nur genervt. Egal, wie groß der andere Hund war, wenn sie ihn nicht mochte dann vertrieb sie ihn knurrend aus ihrer Nähe. Einen Freund fand sie aber immerhin der ihr genehm war, einen alten Dobermann. Wenn sie sich trafen wurden sie Beide jung und sprangen und hüpften um die Wette.

Bei Kontakt mit fremden Menschen kam es bei Luna auf Sympathie an, wenn sie jemanden mochte dann forderte sie Streicheleinheiten regelrecht ein. Wenn sie jedoch genug hatte dann kam es schon mal vor dass sie plötzlich zu knurren anfing.

Wir überlegten welche Hunderasse wohl am besten in unsere Familie passen würde. Da Helga schon lange für eine englische Bulldogge schwärmte, plädierte sie natürlich dafür. Ich war jedoch von dem Gedanken nicht ganz so begeistert, da ich schon öfters festgestellt hatte dass Luna Engländer eigentlich überhaupt nicht leiden konnte. Vielleicht, so vermuteten wir, hatte sie aus ihrer Zeit bei dem Vermehrer ungute Erinnerungen an diese Rasse. Doch letztlich blieb der Grund ihrer Antipathie ihr Geheimnis.

Nun, wie es halt oft so kommt, entschlossen wir uns schließlich doch für eine englische Bulldogge. Da Luna ja mehrfach Mutter war dachten wir, dass sie einen Welpen eher akzeptieren und vielleicht auch nicht gleich als Engländer erkennen würde. Also begaben wir uns schließlich auf die Suche nach einem guten Züchter. Eine Facebook-Freundin machte uns auf eine Züchterin aufmerksam, die gerade einen Wurf hatte. Die kleinen Bulldoggen, so erfuhren wir beim ersten Anruf, waren nur vier Tage vor Jacquis Verschwinden geboren.

Helga vereinbarte mit der Züchterin via Skype einen Termin und kurz darauf fuhren wir gemeinsam hin. Helga voller Vorfreude, ich jedoch mit gemischten Gefühlen, die jedoch schnell schwanden als ich vor den Welpen stand. Es waren vier an der Zahl, ein kleiner Rüde und drei Mädels. Der kleine Bub war bereits vergeben, wir konnten jedoch noch unter den Mädels wählen. Ich fand sie alle drei zuckersüß und konnte mich einfach nicht entscheiden, deshalb überließ ich Helga die Qual der Wahl. Und sie entschied sich ohne zu zögern für Rosi, da diese sofort auf sie zukam, sich fiepend an sie drückte und nicht mehr von ihr weg wollte. Mir kam es eher vor als hätte die kleine Rosi Helga ausgesucht und nicht umgekehrt.Leider war Rosi bei unserem Besuch noch zu jung zur Abgabe, so dass wir ohne sie nach Hause fahren mussten. Doch kurze Zeit später machten wir uns erneut auf den Weg und diesmal hatten wir Luna dabei. Wir hofften sie würde ihre neue kleine Schwester gleich akzeptieren und vertrauten außerdem darauf, dass Rosi ja noch den oft zitierten Welpenschutz genoss. Dass Luna in der Beziehung völlig anderer Meinung war gab sie uns sofort zu verstehen. Von wegen Welpenschutz, es war unübersehbar, dass Luna die kleine Rosi nicht mochte. Sie biss zwar nicht nach ihr, zeigte ihr aber von Anfang an die kalte Schulter. Das hinderte Rosi jedoch in keiner Weise daran ständig Lunas Nähe zu suchen. Obwohl sie mit völliger Nichtbeachtung gestraft wurde wich sie ihr kaum von der Seite, vermutlich sah sie Luna als Mutterersatz an.

Schon die erste Nacht mit Rosi wurde abenteuerlicher als wir es uns vorstellten. Damit wir merkten wenn sie raus musste, legten wir Rosis Welpenbettchen im Schlafzimmer neben Helgas Bett. Sie zu uns ins Bett zu nehmen wagten wir noch nicht, weil wir Angst hatten sie könnte nachts herausfallen. Luna lag wie immer zwischen unseren Kopfkissen und schnarchte bereits. Meist bewegte sie sich in der ganzen Nacht kaum einmal, außer, sie hatte einen ihrer Albträume.

Auch Helga schlief wie immer so tief, dass sie kaum etwas aufwecken konnte. So verschlief sie auch den lauten Knall, der mich mitten in der Nacht aufscheuchte. Der Knall wurde von einem grellen Lichtblitz begleitet, danach gab es einen erneuten Knall. Ich fuhr erschrocken im Bett hoch und rüttelte Helga, um sie zu wecken. Dann wollte ich Licht machen, doch die Nachttischlampe brannte nicht. Also tappte ich im Dunkeln in den Gang zum Sicherungskasten und legte den Schalter um. Das Licht flammte auf, doch als ich ins Schlafzimmer zurückkam, sahen wir mit Schrecken was geschehen war. Der kleinen Rosi war es in der Nacht wohl langweilig geworden und so hatte sie das Kabel von Petras Nachttischlampe angekaut, was einen Kurzschluss auslöste. Als es knallte und blitzte hatte sie wohl vor Schreck die Lampe vom Nachttisch gerissen. Eilig untersuchten wir Rosi, doch zum Glück hatte sie keine Schäden davongetragen, sie schien noch nicht einmal besonders erschrocken. Natürlich nahmen wir die kleine Übeltäterin noch in derselben Nacht zu uns ins Bett, dass sie aus Versehen herausfallen könnte schien uns nunmehr als das kleinere Übel. Sie legte sich auch sofort wie selbstverständlich unter meine Decke und begann kurz darauf zu schnarchen. Diesen Platz behielt sie fortan auch bei.

Rosi war in einer sehr abgelegenen Gegend zur Welt gekommen, die wir spontan als Pampa bezeichnet hatten, als wir zum ersten Mal hinkamen. Außer ein paar Häusern und einer Kirche gab es dort so gut wie nichts. Und leider hatten die Welpen dort auch nicht viel mehr als ihre Wurfbox und ihren kleinen Auslauf kennengelernt. Dementsprechend kannte Rosi so gut wie nichts und erwies sich anfangs als sehr unsicher. Alles in unserer Wohnung war neu für sie und löste Ängste in ihr aus. Deshalb begannen wir sofort damit ihr behutsam zu zeigen wie das Leben bei uns funktionierte. Luna wurde natürlich bei allem mit einbezogen, insgeheim hofften wir natürlich, dass sie Rosi dadurch allmählich lieb gewann.

Doch was immer Rosi auch tat es wurde von Luna nur mürrisch beäugt und sofort von ihr unterbunden, wenn sie auch nur mutmaßte es könnte der Kleinen Freude bereiten. Als sie bemerkte, dass Rosi großen Spaß daran hatte uns die Socken von den Füßen zu ziehen und uns dabei auch noch kräftig in die Zehen zu zwicken unterband sie das sofort. Was wir mit unserem Schimpfen nicht erreicht hatten, hatte Luna Rosi schnell ausgetrieben.

Damit sich die Beiden besser aneinander gewöhnten gingen wir öfter eine kleine Runde mit Beiden spazieren, wobei wir Rosi die ersten hundert Meter von der Haustüre weg tragen mussten, da sie sich weigerte auch nur einen Schritt zu laufen. Heimwärts war es dann kein Problem mehr, da wuselte sie eilig neben uns her. Eine englische Bulldogge, so wurde uns sehr schnell klar, ist kein gewöhnlicher Hund und verhält sich dementsprechend auch nicht wie ein solcher. Der Begriff Haushund trifft jedoch zu hundert Prozent auf sie zu, denn viele englische Bulldoggen fühlen sich zu Hause einfach am wohlsten. Unsere kleine Rosi machte da keine Ausnahme.

Leider blieb ihre Ängstlichkeit bestehen. Sobald in der Wohnung nur das Geringste verändert wurde, erstarrte sie zur Salzsäule. Etwa, wenn ein Besen herumstand, der zuvor nicht da war. Waren wir mit ihr draußen, erschreckte sie sich so ziemlich vor allen Dingen, an denen wir vorbei kamen. Laute Geräusche ängstigten sie zu Tode und ein harmloser Mülleimer, der im Weg stand, kam ihr wie ein gruseliges Monster vor.

Ähnlich schlimm war es für sie wenn man einen Regenschirm aufspannte oder eine Einkaufstüte trug. Um sie daran zu gewöhnen hängte ich mir längere Zeit eine raschelnde Plastiktüte an den Gürtel wenn ich mit Rosi spazieren ging. Es kostete mich eine wahre Eselsgeduld sie soweit zu bringen, dass sie vor gewöhnlichen Alltagsgegenständen und -geräuschen nicht mehr zurückschreckte. Und Luna, die ja ähnlich wenig gekannt hatte als sie bei uns einzog und Angst vor jedem Stock, Turnschuh oder lauten Geräuschen hatte, war auch nicht wirklich eine Hilfe dabei. Doch aufgeben war für mich nie eine Option und ganz allmählich wurde Rosi ein wenig mutiger.

Als wir sie abholten hatte uns die Züchterin erzählt einer der Welpen würde jede Nacht die Wasserschüssel ausleeren und den ganzen Kennel überschwemmen. Wir wussten bald welcher Welpe das gewesen war: nämlich unsere Rosi. Ich habe sie dabei beobachtet, sie stellte sich mit den Vorderpfoten in den Napf und schaufelte das Wasser heraus. Mit ihr zu schimpfen wenn sie dabei erwischt wurde machte ihr nur wenig aus. Sobald sie sich unbeobachtet fühlte setzte sie erneut die Küche unter Wasser. Ein neuer Trinknapf brachte keine Änderung, also kauften wir ihr einen Wasserbrunnen. Von da an gehörten die Überschwemmungen zum Glück der Vergangenheit an.

Dafür machte uns etwas anderes große Sorge: Weil Helga und ich ja nach dem Wochenende wieder zur Arbeit mussten würden Luna und Rosi für einige Stunden am Tag allein in der Wohnung sein. Da Luna Rosi leider nicht die Zuneigung entgegenbrachte die wir uns erhofft hatten, schien es uns keine gute Idee die Beiden während unserer Abwesenheit gemeinsam in einem Raum zu lassen. Deshalb beschlossen wir sie so lange vorsichtshalber räumlich durch ein Gitter voneinander zu trennen.

Doch dann kam uns der Zufall zu Hilfe. Bei einem unserer Spaziergänge kam uns ein freilaufender Hund entgegen, er sah Rosi und wollte sich sofort auf sie stürzen. Inzwischen wussten wir, dass der oft zitierte Welpenschutz nur im eigenen Rudel gilt, und viele erwachsene Hunde auf fremde Welpen sehr ungehalten reagieren, was durchaus böse für ein Hundekind ausgehen kann. Doch dieser Hund hatte die Rechnung ohne Luna gemacht. Auch wenn sie Rosi nicht mochte, so gehörte sie für Luna doch zu ihrem Rudel. Und ihre Rudelmitglieder wurden von ihr beschützt, egal um wen es sich handelte. Mit einem Satz stellte sie sich zwischen Rosi und den fremden Hund und machte ihm mit grimmigem Knurren klar, dass sie es nicht dulden würde, wenn er ihrem Schützling etwas antat. Tatsächlich ließ sich der Hund davon beeindrucken und trollte sich schließlich.

Von da an wurde das Verhältnis zwischen den Beiden besser. Obwohl Luna Rosi nie erlaubte sich mit ihr in ein Körbchen zu legen, so wie Jacqui es gedurft hatte, so fing sie doch mit Rosi zu spielen an. Uns fiel ein riesengroßer Stein vom Herzen. Der unselige Bann zwischen unseren Hunden war gebrochen und Luna übernahm nun doch die Rolle der Ersatzmutter. Für andere Hunde interessierte sie sich nach wie vor kaum, doch wenn Rosi mal mit einem anderen Hund spielte, stand Luna im Hintergrund und hatte immer ein wachsames Auge auf Rosi.

Im Großen und Ganzen entwickelte sich Rosi zu einer lieben Hündin, sie hatte weder mit Menschen noch mit anderen Hunden größere Probleme. So trafen wir beim Spazierengehen öfter auf einen Rottweiler namens King, der ganz verrückt nach Rosi war. Sobald er sie sah warf er sich verzückt auf den Rücken und ergab sich ihr theatralisch. Das gefiel Rosi sehr, sie umsprang ihn dann immer bellend und wollte mit ihm spielen. Wie immer unter Lunas misstrauischen Blicken, die stets bereit war einzugreifen, sollte es King plötzlich einfallen ihrer Ziehtochter ein Leid anzutun.

An den Wochenenden wurde es zum Ritual, dass ich zu den Beiden sagte: „Kommt, wir gehen ins Schlafzimmer." Dann folgten sie mir erfreut, sprangen aufs Bett und begannen dort zu tollen, wobei sie sich gern gegenseitig in die Beine zwickten. Das war ein Spiel nach Lunas Geschmack, bei dem sie sich so richtig gehen lassen konnte. Sie hatte sichtlich Spaß dabei.

Zu unserem Leidwesen mochte Rosi Katzen überhaupt nicht und als sie älter wurde begann sie damit unsere Tinka zu jagen. Warum sie das tat war uns ein Rätsel, schließlich kannte sie Tinka seit ihrem ersten Tag bei uns. Vielleicht gefiel ihr nicht, dass Tinka meist auf ihrem Kratzbaum saß und auf sie herunter starrte. Sobald sie herunter und in Rosis Nähe kam griff diese sie knurrend und bellend an. Was wiederum Tinka nicht gefiel, sie wehrte sich eines Tages gegen Rosis Angriffe mit Fauchen und Ohrfeigen. Das gefiel wiederum Luna überhaupt nicht. Sie hatte zwar bisher nie ein Problem mit Tinka gehabt, doch als diese ihren Schützling angriff ging sie empört dazwischen. Was zur Folge hatte dass wir später die Schäfte von Katzenkrallen aus Lunas Kopfhaut ziehen mussten.

Als Rosi älter wurde riet uns unser Tierarzt sie kastrieren zu lassen, wodurch wir ihr den Stress der Läufigkeit und der darauffolgenden Scheinträchtigkeit ersparen sollten. Wir gingen darauf ein, wollten wir doch für sie nur das Beste. Doch das entpuppte sich leider als großer Fehler. Dabei hätten wir eigentlich gewarnt sein sollen, da die Kastration doch schon bei Luna so gravierende Veränderungen bewirkt hatte. Wir hätten jedoch nicht gedacht, dass uns das mit Rosi genauso ergehen würde. Doch leider veränderte sich unsere liebe, und alles - außer Katzen - liebende Engländerin nach dem Eingriff vom Fräulein Jekyll zur Miss Hyde. Plötzlich mochte sie weder andere Hunde noch ließ sie sich, so wie früher, von jedem gerne streicheln. Das durften nur noch Freunde die sie gut kannte und mochte. Nur bei Leuten die sie beherzt anfassten vergaß sie vor Staunen, dass sie das eigentlich gar nicht wollte und ließ es verblüfft geschehen.

Noch schlimmer war für uns jedoch, dass durch die Kastration ihre Gesundheit labiler wurde. Sie wurde anfällig für Demodex und bekam Probleme mit den Pfoten, die sich öfter entzündeten. Ihre schlechte Hüfte hingegen hatte sie leider geerbt, da wir aber immer darauf achteten, dass sie sich ausreichend bewegte, besaß sie eine gute Muskulatur, so dass ihr die HD keine Probleme bereitete.

In einem blieb unsere Engländerin jedoch immer gleich; Sie war eine Grobmotorikerin erster Güte. Bulldoggentypisch hielt sie nicht allzu viel von Bewegung, doch wenn sie sich bewegte dann wurde sie zum Bulldozer und rannte einfach alles um, was ihr im Weg stand. Das musste auch Luna mehrmals schmerzhaft erfahren, wenn sie mit Rosi spielte oder besser gesagt raufte.

So kamen wir einmal von der Arbeit nach Hause und Luna war an der Pfote verletzt. Es handelte sich dabei eindeutig um eine Bissverletzung, doch wie sie zustande gekommen war, blieb das Geheimnis der Beiden. Möglich, dass Luna einen Streit vom Zaun gebrochen und dabei die Kürzere gezogen hatte. Genauso gut konnte es aber auch sein, dass Rosi wieder einmal ihre Kraft unterschätzt hatte, auf jeden Fall blieb Luna der Gang zum Tierarzt nicht erspart.

Ein andermal kamen wir nach Hause und Luna blutete aus der Schnauze. Als wir nachschauten sahen wir, dass einer ihrer Fangzähne bedenklich wackelte. Was passiert ist wissen wir nicht, aber vermutlich haben Beide sich um etwas gerauft und Luna dabei den Zahn eingebüßt. Der Tierarzt musste ihn ihr unter Vollnarkose entfernen. Wovor wir etwas Angst hatten, denn Luna war nicht mehr die Jüngste und ihr Herz nicht mehr das stärkste. Zum Glück ging aber alles gut und danach war Luna im Umgang mit Rosi etwas vorsichtiger.

Ich denke nicht, dass Rosi es wirklich böse mit Luna meinte und die nahm ihr die Übergriffe auch nicht krumm. Aber da Rosi um einiges schwerer war als Luna, war das Kräfteverhältnis zwischen den Beiden leider recht ungleichmäßig verteilt. Aber auch Luna war nicht gerade feinfühlig und Gott sei Dank auch nicht nachtragend. Bulldoggen, egal ob englische oder französische, sind nun mal Grobmotoriker, aber andererseits auch hart im Nehmen. Das muss man als Bullybesitzer ebenfalls sein.

Bei Helga und mir hielt sich Rosi mit Kräftemessen jedoch meist zurück, mit uns zu kuscheln war ihr lieber. Am allerliebsten auf der Couch, ihrem Heiligtum. Aber um spätestens neunzehn Uhr war für sie Schlafenszeit, da hatte sie ihre Prinzipien. Dann lag sie auf der Couch unter ihrer Decke - selbst wenn es draußen achtunddreißig Grad hatte.

Bei einem weiteren Umzug, - damals entschlossen wir uns ein Haus zu kaufen - nahmen wir die alte Couch nicht mehr mit, sie wanderte zum Sperrmüll. Doch leider verzögerte sich die Lieferung der neuen Couch um zwei Wochen. Für Rosi war das eine schwere Zeit, denn plötzlich gab es keinen Platz mehr für sie.

Missmutig probierte sie mehrere Plätze aus, doch keiner entsprach wirklich ihren Ansprüchen.

Als die neue Couch endlich geliefert wurde brachten wir unsere Hunde erst einmal ins obere Stockwerk, damit sie den Möbelpackern nicht zwischen den Beinen rumliefen. Nachdem die weg waren durften sie das neue Möbelstück begutachten.

Vor lauter Freude, dass endlich wieder eine Couch da war, musste sich Rosi erst einmal übergeben, dann hüpfte sie hinauf und wälzte sich ausgiebig darauf, bevor sie selig unter ihre Decke kroch. Ihre Welt war endlich wieder in Ordnung.

Seit ihrer Kastration war Rosis Verhältnis zu den meisten anderen Hunden gestört. Bei Hunden ihrer eigenen Rasse machte sie jedoch manchmal eine Ausnahme. Damit sie aber auch weiterhin Sozialkontakte pflegen konnte trafen wir uns ab und zu mit anderen Besitzern von Bulldoggen. So etwa mit einer Familie, bei der Rosis Schwester Lola zuhause war. Lola lebte mit Mojo zusammen, einem englischen Bulldoggenrüden. Mit diesen Beiden verstand sich sogar Luna sehr gut.

Lola begleitete ihr Frauchen öfter bei deren Reitausflügen, deshalb hatte sie keinerlei Scheu vor Pferden. Auch Rosi stand den großen Tieren eher gleichgültig gegenüber, nicht so jedoch Luna, wohl eingedenk ihres Erlebnisses mit Jacqui damals. Seither mochte sie Pferde überhaupt nicht mehr.

Auch wenn Luna keine große Freude darüber zeigte trafen wir uns beim Reitstall. Die vier Hunde blieben artig in unserer Nähe. Bis es Rosi in den Sinn kam die Pferde auf der Koppel aus der Nähe anzuschauen. Ehe wir uns recht versahen lief sie schnurstracks in Richtung der Koppel und überhörte geflissentlich unsere Rufe. Sie unterlief den Koppelzaun und steuerte auf die Pferde zu. Beim Näherkommen bemerkte sie jedoch schnell die beachtliche Größe der Tiere, die ihr mit erhobenen Köpfen interessiert entgegen starrten. Plötzlich verließ sie der Mut, sie drehte um und kam eilig zu uns zurück. Wobei sie dann aber so tat als wäre gar nichts gewesen.

Obwohl Rosi uns mit ihrem Alleingang einen gehörigen Schreck eingejagt hatte wurde es doch noch ein angenehmer Nachmittag auf dem Pferdehof. Die vier Hunde tollten ohne Leine herum und erkundeten die Umgebung. Nur Luna war nicht ganz so entspannt, musste sie doch ständig Rosi im Auge behalten.

Es gab noch ein weiteres Treffen zwischen den vier Bullys, diesmal fand es an einem Baggersee statt. Luna war da ausnahmsweise mal gut aufgelegt, trotz tausenden von Mücken, die uns umschwirrten. Obwohl Mojo ständig versuchte Rosi zu besteigen, was diese empört abwies, sah Luna nur dabei zu. Trotzdem behielt sie ihren Schützling aber ständig im Auge.

Ein letztes Treffen der Vier fand nochmal ein Jahr später, diesmal bei ihnen zu Hause statt. Natürlich war Mojo wieder hinter Rosi her, doch diesmal wurden die Beiden misstrauisch von Lola beobachtet, die das plötzlich überhaupt nicht mehr spaßig fand. Kam ihr Rosi zu nahe dann versuchte sie nach ihr zu schnappen. Luna mischte sich zwar nicht ein, aber die Freundschaft zwischen Rosi und ihrer Schwester kühlte an diesem Tag beträchtlich ab. Es sollte das letzte Zusammentreffen der Vier gewesen sein. Einige Zeit später erfuhren wir dass Lola vermutlich einen Giftköder gefressen hatte und daran gestorben war.

Berta war eine weitere englische Bulldogge, mit der sich Rosi gut verstand. Sie stammten aus der gleichen Zucht, waren jedoch nicht miteinander verwandt. Einmal trafen wir uns mit Berta und ihren Besitzern Dani und Rudi an einem See. Zwischen den Hunden lief es gut, trotzdem waren Helga und ich auf der Hut, damit die Stimmung nicht umschlug. Zu unserer Verwunderung fand Luna Rudi ganz toll und ließ sich, was wirklich ganz selten bei ihr vorkam, sogar ausführlich von ihm knuddeln und kraulen. Sie fand sogar den Mut sich mit ihm aufs Surfbrett zu stellen.

Im Gegensatz zu ihr fand Rosi den Tag am See jedoch stressig, sie hasste es unter vielen Menschen zu sein. Um sie dem Trubel etwas zu entziehen suchte ich schließlich mit ihr eine etwas abseits gelegenere Ecke auf.

Meist machten wir jedoch unsere Ausflüge allein mit Luna und Rosi und suchten uns Ziele aus, an denen wir nur wenigen Menschen und Hunden begegneten. Das war den Hunden am liebsten. Rosi lief dann immer an der Schleppleine, da sie in ihrer Launenhaftigkeit unberechenbar und es uns zu gefährlich war, sie frei laufen zu lassen. Luna hingegen lief meist ohne Leine. Sie blieb immer dicht bei uns, ihrem Rudel, dass sie nie im Stich lassen würde.

Rosi störte es nicht an der Schleppleine zu laufen. Wichtig war ihr nur, dass sie einen möglichst großen Stock fand, den sie dann den ganzen Weg mit sich trug. Dann war sie abgelenkt und beachtete weder andere Hunde noch Menschen. Besonders wenn sie einen Stock im Wasser treiben sah und nicht an ihn herankam, regte sich immer sehr auf. Sie hätte zwar hinein waten oder hinschwimmen können um den Stock zu retten, doch das kam ihr nicht in den Sinn.

Lieber sprang sie am Ufer hin und her um den Stock zu verbellen.

Als sie noch nicht lange bei uns war gingen wir mit ihr an einem See spazieren, bei dem das Schilf am Ufer abgeschnitten war. Damals durfte sie noch ohne Leine laufen und sie steuerte zielstrebig auf den See zu. Vermutlich hielt sie die abgeschnittenen Schilfrohre, die ein paar Zentimeter aus dem Wasser ragten, für eine feste Oberfläche.

Ich sah das Unglück schon kommen und rief Rosi. Doch sie schaute nicht einmal zurück, weil die im Wasser schwimmenden Enten viel interessanter waren. Also rannte ich los, doch noch bevor ich bei ihr war tappste sie ins Wasser und war verschwunden. Sie versuchte gar nicht zu schwimmen, sondern ging sofort unter wie ein Stein. Ich kam gerade noch rechtzeitig um sie an ihrem Geschirr zu packen und herauszuziehen.

Einen nachhaltigen Lernerfolg hatte das unfreiwillige Bad jedoch nicht auf Rosi, immer wieder trieb sie ihre Neugier an, sodass wir sie künftig zu ihrer eigenen Sicherheit an die Schleppleine nahmen. Ab und an trafen wir mal auf einen Hund den Rosi auf Anhieb mochte, nach welchen Kriterien sie den aussuchte blieb jedoch ihr wohl gehütetes Geheimnis. Die meisten Artgenossen mochte sie jedoch nicht leiden, egal ob es sich um Rüden oder Hündinnen handelte. Trotzdem liefen wir mit ihr hin und wieder in einer größeren Gruppe mit. Das klappte ganz gut, solange wir aufpassten dass genügend Abstand zum nächsten Hund bestand, sodass sie nicht nach ihm schnappen konnte, weil ihr plötzlich seine Schnauze nicht mehr gefiel. Doch der Mensch ist ein Gewohnheitstier und mit der

Zeit lernten Helga und ich mit den Launen unseres englischen Fräuleins umzugehen.

Was das Verhalten fremden Menschen und anderen Hunden gegenüber betraf waren sich Rosi und Luna sehr ähnlich. Wäre da nicht die mangelnde optische Ähnlichkeit zwischen ihnen gewesen, hätte man denken können sie wären Geschwister. Aber immerhin waren sie ja beide Bulldoggen und charakterlich konnten sie sich durchaus die Pfoten reichen. Vielleicht hatte aber auch Lunas Erziehung dazu beigetragen, dass ihr Verhalten auf ihre Ziehtochter abfärbte.

Helga und ich sind schon lange im Tierschutz engagiert und im Rahmen einer Veranstaltung präsentierte der Tierschutzverein unter anderem auch ein Hunderennen. Da wollten wir mit unseren Bullys auch mitmachen, wegen des Spaßes und für den guten Zweck, denn das Startgeld ging an den Verein.

Luna war zu dem Zeitpunkt schon etwa zehn Jahre alt. Laut ihres Impfpasses sollte sie zwar erst acht sein, doch sowohl wir als auch unser Tierarzt waren der Meinung sie müsste schon älter sein. Sie hörte und sah nicht mehr so gut, war ansonsten aber noch gut beim Zeug. Die Laufstrecke betrug fünfzig Meter, das musste für unsere beiden Damen zu schaffen sein. Helga stand mit den Beiden beim Start und mir oblag es Luna dazu zu bewegen zu mir ins Ziel zu laufen. Bei Rosi war es dann umgekehrt, bei ihr gab es kein Problem, schließlich konnte sie Helga sehen und hören, wie diese mit den Armen fuchtelnd und rufend dort stand.

Rosi rannte auch sogleich in Helgas Richtung als der Lauf begann. Für Luna war die Distanz zu mir allerdings zu weit, zwar rannte sie los als alle anderen Hunde auch loslegten, doch dann blieb sie wieder stehen da sie nicht wusste wo ich mich befand. Also bin ich ihr entgegengelaufen, ihren Namen rufend und mit den Händen wedelnd. Die Zuschauer fanden es lustig und lachten, doch das war mir egal. Und als Luna mich endlich erblickte gab sie richtig Gas und spurtete mir entgegen. Trotzdem wurde sie natürlich Letzte, doch Rosi lief immerhin im guten Mittelfeld. Da sie und Luna die einzigen Bulldoggen waren, die bei dem Rennen mitliefen, waren Helga und ich doch mächtig stolz auf unsere Rennbullys.

Kapitel 8:
Abschied von Luna

Hunde zu haben heißt nicht sie zu besitzen. Wir haben unsere Hunde zwar bezahlt, aber sie nicht gekauft. Ein Tier läßt sich nicht kaufen, nicht mit allem Geld der Welt. Wir können es einsperren, damit es uns nicht davonläuft, wir können es zwingen Dinge zu tun, die es freiwillig niemals machen würde. Wir können es wieder verkaufen oder sogar töten, wenn wir seiner überdrüssig geworden sind. Aber wir können es nicht dazu zwingen uns zu akzeptieren oder zu lieben. Doch bringt uns unser Hund seine ganze Liebe entgegen, wenn wir bereit sind sie anzunehmen. Trotzdem macht er in der Vergabe seiner Liebe Unterschiede zwischen seinen Bezugspersonen.

So war Rosi schon von Anfang an unverkennbar mehr Helgas Hund als meiner. Wenn ich nach der Arbeit nach Hause kam und Helga war bereits daheim, freute sich Rosi so sehr mich zu sehen, dass wir manchmal Angst hatten sie bekäme einen Herzinfarkt. War Helga jedoch noch nicht zu Hause fing sie an zu zittern, ließ die Öhrchen hängen und trottete mit Leichenbittermiene zu ihrem Körbchen, von wo aus sie mich anklagend ansah. Manchmal sagte ich im Spaß, dass Rosi mich vermutlich nur mochte, weil ich diejenige war die sie fütterte.

Luna hingegen war schon immer mehr mein Hund gewesen, mein Seelenhund. Zwar manchmal schwierig, teils unnahbar, aber dann auch wieder total anhänglich.

Im Gegensatz zu Rosi ging Luna leidenschaftlich gerne spazieren, davon konnte sie nie genug bekommen, selbst wenn wir Stunden unterwegs waren. Dann interessierte sie sich weder für die Menschen, noch für die Hunde die uns begegneten, sondern war ausschließlich mit Schnüffeln beschäftigt.

Ich liebte ihre Augen, die sie so unvergleichlich machten und die so viel ausdrücken konnten. Liebe und Zorn, oder auch pure Verzweiflung wenn wir am Tisch saßen und aßen und sie nichts ab bekam. Dann sah sie mich vorwurfsvoll an, ihre Augen wurden glasig und dann rannen ihr tatsächlich die Tränen herunter.

Luna liebte es über alles in der Sonne zu liegen, vielleicht deshalb weil sie die ersten Jahre ihres Lebens die Sonne niemals sehen und ihre warmen Strahlen nie genießen konnte. Manchmal kam es mir vor als würde sie die Sonnenstrahlen in sich aufsaugen, um sie zu speichern. Freiwillig verließ sie einen Sonnenplatz nie, egal, wie heiß es war, wir mussten sie dann zu ihrem eigenen Schutz in den Schatten tragen.

Vor allem den Schrebergarten von Helgas Mutter Brigitte liebte sie. Sie lag entweder auf den warmen Steinen vor dem Grill oder im grünen Gras und genoss die Sonnenstrahlen. Ich hätte vieles darum gegeben hätte sie den Einzug in unser Haus noch erlebt, wusste ich doch wie sehr sie es genoss draußen zu sein. Wenn sie da so lag zog sie ihre Lefzen nach oben und es hatte tatsächlich den Anschein, als würde sie im Schlaf zufrieden lächeln.

Für mich war und blieb Luna einfach meine Prinzessin.

Eine kleine Bulldogge mit großem Herz, die sich nie unterkriegen ließ. Trotz ihrer vielen Ängste entwickelte sie unsagbaren Mut, wenn es um ihre Familie, ihr Rudel ging.

Rosi hingegen war das genaue Gegenteil. Mit ihr konnte man zwar unbesorgt durch die Finsternis gehen, sie passte stets gut auf und sobald sich jemand näherte begann sie zu knurren, jedoch war ihr Mut eher Schein als Sein. Ich bin mir sicher wäre uns jemand zu nahe gekommen hätte sie auch zugeschnappt, meistens überwog jedoch ihr Hang zum Abstand halten.

Läutete es an der Haustür fing sie zu bellen an, lief aber nicht hin, sondern ließ lieber eine von uns vorgehen. Da sie aber auch sehr neugierig war kam sie hinterher, blieb jedoch in sicherem Abstand stehen, um zu spannen wer da wohl kam. Auch liebte sie es den Nachbarn von der Gartentür aus zu verbellen. Sobald er jedoch herankam und mit ihr sprach, trat sie hastig den Rückzug ins Haus an.

Überhaupt fühlte sich Rosi zu Hause am wohlsten, sie konnte stundenlang dösend in ihrem Korb liegen, ohne sich zu langweilen. Ich glaube auf keine andere Hunderasse trifft der Begriff Haushund so sehr zu wie auf die englische Bulldogge. Sobald sie bemerkte, dass wir uns fertig machten um aus dem Haus zu gehen, verkroch sie sich in die hinterste Ecke unter der Küchenbank und war dort nur schwer wieder hervorzubringen. Hatten wir sie dann endlich soweit dass sie mitkam, begann der Kampf sie dazu zu bewegen ins Auto zu steigen. Autofahren war für sie der pure Horror. Warum das so war, wir wissen es nicht, auf jeden Fall hechelte sie während der ganzen Fahrt und war durch nichts zu beruhigen.

Eines Tages bemerkten wir mit Schrecken, dass es Luna nicht mehr gut ging. Sie hatte einen dickeren Bauch und das Spazierengehen fiel ihr plötzlich schwer, außerdem war sie schnell außer Atem. Da sie seit etwa sechs Jahren bei uns war, durfte sie mindestens zehn Jahre alt sein, vermutlich sogar noch älter. Natürlich gingen wir mit ihr zum Tierarzt und ließen sie gründlich durchchecken. Das Ergebnis war für Helga und mich niederschmetternd. Luna hatte einen pflaumengroßen Tumor in der rechten Herzkammer. Der Tierarzt machte uns keine Hoffnung, er meinte, es könnte recht schnell mit Luna zu Ende gehen und prognostizierte uns noch etwa drei Wochen. Wir waren am Boden zerstört. Fortan bekam Luna Herz- und Entwässerungstabletten die gut anschlugen und wer es nicht wusste, merkte ihr die schwere Erkrankung nicht an.

Die drei Wochen waren längst vorüber und Luna war fast so wie immer. Ein bisschen müder vielleicht, auch kam sie schneller aus der Puste. Aber sie war eine Kämpferin und bestand auf ihren normalen Tagesablauf. Wir taten ihr den Gefallen und fuhren mit ihr und Rosi weiterhin ans Meer, wo sie die meiste Zeit damit verbrachte nach Krebsen zu buddeln um sie genüsslich zu verzehren. Rosi lief derweil ihren Stöckchen hinterher, um sie aus den Fluten zu retten.
Wir unternahmen auch weiterhin Wanderungen, sowohl auf den Bergen als auch unten. Zuhause

kuschelten wir intensiv mit Luna und Rosi und verbrachten die Zeit mit ihnen so ungezwungen, wie wir es vermochten. Doch in unseren Köpfen schwang immer auch die Angst mit, dass Luna einfach umfallen und sterben konnte. Doch das geschah nicht und unsere Prinzessin schenkte uns noch ein ganzes wunderschönes Jahr mit ihr.

Der Tumor in ihrem Herzen wuchs derweil immer weiter, er war inzwischen faustgroß und füllte beinahe ihre ganze rechte Herzkammer aus. Es sammelte sich immer mehr Wasser in Lunas Bauchraum und das Laufen fiel ihr immer schwerer.

Eines Nachts, fast ein Jahr nach der Diagnose unseres Tierarztes, konnte Luna nicht schlafen. Sie hechelte stark und trippelte ständig hin und her. Durch das Wasser, dass sich trotz aller Maßnahmen in ihrem Bauch angesammelt hatte, wusste sie nicht mehr wie sie sich hinlegen sollte. Wie litten die ganze Nacht mit ihr und am Morgen fassten wir die schwere Entscheidung sie gehen zu lassen.

Wir riefen beim Tierarzt an und vereinbarten mit ihm, dass er am Abend vorbeikam um Luna zu erlösen. Als er kam mussten wir Rosi wegsperren. Als hätte sie geahnt was passieren würde schien sie völlig außer sich. Eigentlich hatte sie nie Probleme mit dem Tierarzt gehabt, doch an diesem Abend hätte sie ihn ganz sicher gebissen.

Luna hingegen schien froh zu sein den Tierarzt zu sehen, fast schien es uns als wäre sie dankbar, dass sie gehen durfte. Sie wehrte sich nicht gegen die Spritze, die er ihr gab. Ich legte sie auf ihre Liege und hielt sie im Arm. Ihre Augen schauten mich voller Vertrauen an. Dann ging es ganz schnell, ihr kleines tapferes Herz hörte auf zu schlagen. Für Helga und mich brach eine Welt zusammen, unsere Prinzessin war über die Regenbogenbrücke gegangen.

An jenem Tag nach dieser durchwachten Nacht, als Luna und ich keine Ruhe fanden, brach mein Herz. Abends als der Tierarzt kam und ich in Lunas Augen sah waren ihre Augen ganz groß, sie sahen in meine und ich sah Dankbarkeit und Trost. Es waren ihre Augen die mich trösteten, so als würden sie sagen sei nicht traurig, alles wird gut. Immer waren ihre Augen es die mir ihre Gedanken verrieten, so war es auch diesmal. Ein letztes Mal, dann waren sie für immer geschlossen.
Nachdem der Tierarzt gegangen war ließen wir Rosi zu Luna. Und obwohl das Verhältnis zwischen den Beiden nie überschwänglich war, sie nie miteinander in einem Körbchen gelegen und gekuschelt hatten, trauerte Rosi doch sehr um ihre strenge Ziehmutter.

Am nächsten Morgen saßen Helga und ich nach einer traurigen Nacht am Frühstückstisch und versuchten etwas zu essen. Ich sah zu Luna hin, die friedlich, so als ob sie schliefe, auf ihrer Liege lag. Aus einem Impuls heraus sagte ich bewegt:
„Jetzt ist Luna wieder mit ihrer großen Liebe Jacqui vereint, kann mit ihm tollen und ihn putzen, wie sie es so gerne getan hat."

Unser Wohnzimmer lag im Nordwesten, so dass die Sonne erst am späten Nachmittag dorthin kam. Zudem war es an diesem Morgen stark bewölkt. Doch genau in diesem Moment kam ein Sonnenstrahl durchs Fenster und strahlte Lunas toten Körper an.

Er strahlte genau auf sie, nicht davor und nicht dahinter. Und mir war als würde sie sagen: „Sorgt euch nicht um mich, ich bin jetzt angekommen."

Es war ein unbeschreiblicher und Moment für uns.

Diesen Brief habe ich für Luna geschrieben:

Meine geliebte unvergessene Prinzessin!
Heute vor achtzehn Monaten haben wir uns entschlossen, dich gehen zu lassen.

Du hast so lange dafür gekämpft, noch bei uns bleiben zu können, aber nach einer gemeinsamen durchwachten Nacht war klar, dass der Zeitpunkt gekommen ist, dich gehen zu lassen, auch wenn sich alles in mir dagegen sträubte .

Deine Augen sagten es mir! Man sagt nicht umsonst:
„Augen sind die Fenster zur Seele!"

Deine Augen sprachen immer zu mir!

Sie drückten deine tiefe Liebe und dein grenzenloses Vertrauen zu uns aus.

Sie zeigten deinen Schmerz, dieses Grauen, dass du in den ersten Jahren deines Daseins als Vermehrerhündin erleben musstest, wenn du aus einem deiner Albträume erwachtest. Sie drückten deine Zufriedenheit aus, wenn du mit sattem Bäuchlein in der Sonne lagst - jene Sonne, die du so lange missen musstest!

Sie blitzten vor Zorn, wenn Rosi mal wieder keine Ruhe gab!

Sie weinten, wenn du nicht gleich was von unserem Essen abbekamst!

Und sie bekamen diesen ganz sanften Ausdruck, wenn dein und mein geliebter Bua Jacqui bei dir war und als wir dann, als er verschwand, gemeinsam um ihn trauerten!

All das sagten mir deine Augen – sie sprachen zu mir im gleichen Maße wie meine zu dir!

Dieses unsichtbare Band einte uns all die Jahre, seit du am 5. 6. 2010 zu uns kamst und es eint uns auch noch über deinen Tod hinaus!

Ich danke dir für all diese wunderbaren, manchmal auch tieftraurigen Momente, die du mir geschenkt hast!

Wir sind einen Teil unseres Weges gemeinsam gegangen und es war ein guter Weg!

Ich danke dir in dem Wissen, dass du, auch wenn du körperlich nicht mehr bei mir bist, mich trotzdem verstehen, mich spüren kannst!

Ich danke dir, dass du mir nach deinem Weggang Frieden geschenkt hast, in jenem unauslöschlichen Moment, als nur mehr dein Körper auf der Liege lag und wir davon sprachen, dass du jetzt vielleicht schon bei deinem Bua bist, genau dann ein Sonnenstrahl auf dich fiel, wie um uns zu sagen, du bist jetzt angekommen und alles ist gut!

Jetzt kann ich auch Jacqui gehen lassen, dem mein Herz so wie dir gehört hat!

Ihr Beiden habt mein Leben maßgeblich verändert.

Ich lernte dass Liebe, Freude, Trauer und auch unglaublicher Schmerz zusammen gehören, dass das Eine ohne das Andere keinen Wert hat!

Ich sage nochmals leise Servus, in dem Wissen, dass wir uns eines fernen Tages wiedersehen werden.

Mach es gut, kleine Prinzessin.

Für immer mein, für immer dein!

Luna erzählt:

„Mein Leben war beendet. Es war ein erfülltes Leben, voller Leid, aber auch voller Freude. Nach den endlosen Jahren als Gebärmaschine durfte ich endlich erleben was es heißt ein Hund zu sein. Ein Hund, der eine Familie hatte, der geliebt wurde, um den man sich sorgte und den man umsorgte. Es war ein Leben das jedem Hund zustehen sollte.

Geprägt durch meine Vergangenheit fiel es mir zuerst schwer daran zu glauben, dass es nun immer so bleiben würde. Ich war misstrauisch diesem neuen Leben gegenüber und in mir war die Furcht wieder zurück in mein altes Leben zu kommen. Nur langsam schwand diese Furcht und ich wusste, ich durfte für immer bleiben.

Ich war kein einfacher Hund, das ist mir bewusst. Aber ich wollte immer, dass meine Fraulis mit mir zufrieden waren, dass sie stolz auf mich waren. Ich hätte für meine Fraulis mein Leben gegeben. Ihnen zuliebe bin ich noch geblieben, als meine Zeit bereits gekommen war. Ich wollte sie nicht verlassen weil ich merkte, dass sie noch nicht bereit waren mich gehen zu lassen. Ich schenkte ihnen und mir selbst noch fast ein ganzes Jahr.

Dann sagte mir eine innere Stimme, dass es genug sei, meine Zeit gekommen sei. Es gab nichts mehr zu erledigen in diesem Leben. Ich folgte bereitwillig der Stimme, die wohl auch meine Fraulis gehört hatten. Sie ließen mich in Liebe gehen.

Doch ich ging noch nicht ganz, meine Seele wollte die endgültige Reise noch nicht antreten. Sie blieb noch bis mein toter Körper weggebracht wurde. Und ich sandte als letzten Gruß den Sonnenstrahl an meine Fraulis. Er war ein Versprechen – mein Versprechen, ich würde zurückkehren zu ihnen. Wann das sein wird weiß ich noch nicht, aber es wird geschehen."

Kapitel 9:
Bela zieht ein

Bela

Schon seit ihrer Welpenzeit hatte Rosi immer wieder Hautprobleme, besonders an den Pfoten. Diese Probleme flackerten nach Lunas Tod wieder auf, was vermutlich auf ihre Trauer zurückzuführen war. Auch sonst veränderte sie sich auf recht ungewöhnliche Weise, denn sie wurde so brav wie nie zuvor. Ging ganz artig neben uns an der Leine und ignorierte fremde Hunde völlig. Eigentlich hätten wir darüber froh sein müssen, doch wir hätten lieber unsere alte freche Rosi zurück gewollt.

Auch wenn wir noch sehr traurig über Lunas Tod waren, Rosi lebte und sie war nun allein, ein Umstand den sie gar nicht kannte und mit dem sie nicht zurechtkam. Deshalb wurde uns wieder einmal schnell klar, wir mussten möglichst bald einen neuen Partner für sie finden.

Wir beschlossen es sollte wieder eine französische Bulldogge sein, da Rosi an diese Rasse gewöhnt war. Obwohl Helga auch ein weiterer Engländer gefallen hätte, wollten wir lieber keine Experimente wagen. Außerdem sollte unser neuer Hund aus einer verantwortungsvollen Zucht kommen.

Von einer Freundin bekamen wir schließlich einen Hinweis auf eine gute Bullyzucht und riefen umgehend dort an. Und wie es der Zufall, oder auch die Vorsehung wollte, gab es dort gerade einen Wurf von sieben Welpen.

Natürlich betrachteten wir uns die Welpen gleich im Internet und uns fiel sofort ein kleiner schwarzer Rüde namens Bela ins Auge. Helga und ich schauten uns gegenseitig an und schon stand unser Entschluss fest.

Bela würde Rosis neuer Partner werden. Wir vereinbarten also einen Termin mit der Züchterin.

Bevor wir hinfuhren stand für uns erst noch ein Bullytreffen an das wir jedes Jahr besuchten. Wir trafen dort auf viele gute Bekannte mit ihren Hunden. Den meisten war unsere Rosi als stets schlecht gelaunte Hündin bekannt, die alle anderen Hunde anknurrte und sich nicht gerne anfassen ließ. Umso verwunderter waren sie - und wir übrigens auch - dass Rosi sich diesmal mustergültig verhielt. Anstatt an der Leine zu ziehen und jeden anzublaffen der ihr zu nahe kam, lief sie entspannt inmitten der anderen Hunde.

Alle waren begeistert von Rosis wundersamer Wandlung und als wir erzählten, dass Lunas Tod dafür verantwortlich war, rieten uns einige wir sollten Rosi doch in Zukunft allein halten, damit sie ihr positives Verhalten beibehielte. Und obwohl Helga und ich genau wussten, dass der Verlust von Luna die große Traurigkeit und Leere in Rosi hinterlassen hatte, ließen wir uns doch verunsichern.

Auf der Heimfahrt äußerte Helga dann ebenfalls Zweifel ob es wirklich eine gute Idee war Bela zu uns zu nehmen und ob Rosi den Kleinen tatsächlich gut annehmen würde. Für mich stand das außer Frage, doch wir waren ein Paar und ob ein weiterer Hund bei uns einzog, sollte uns beider Entscheidung sein.

Deshalb stornierte ich am nächsten Tag erst einmal unseren Besuchstermin. Bela ganz absagen wollte ich jedoch nicht, deshalb vereinbarte ich mit der Züchterin in Kontakt zu bleiben. Sie stimmte zu uns auf dem Laufenden zu halten.

Als sie dann schrieb es käme am Wochenende eine Interessentin die sich zwischen Bela und seinem Bruder entscheiden würde, waren wir dann doch am Boden zerstört. Was sollten wir nun tun? Tief im Herzen wussten wir Beide, dass der kleine Bub zu uns gehörte. Und so vereinbarten wir mit der Züchterin, dass wir Bela nehmen würden, sollte sich die andere Interessentin nicht für ihn entscheiden. Natürlich nur unter der Voraussetzung, dass Rosi sich mit ihm vertrug.

Plötzlich hofften wir inständig Bela würde nicht an die andere Frau gehen und uns fiel ein Stein vom Herzen als wir die Nachricht erhielten er wäre noch zu haben. Die Züchterin verriet uns später sie hätte Bela als besonders anstrengenden Welpen beschrieben, deshalb habe sich die Interessentin lieber für seinen Bruder entschieden.

Nun hielt uns nichts mehr und wir fuhren hin. Rosi kam natürlich mit, denn wenn sie den kleinen Bela ablehnte würden wir, wenn auch schweren Herzens, ohne ihn nach Hause zurückkehren.

Wir waren dementsprechend aufgeregt. Rosi ebenfalls, doch ihr gefiel, wie immer, die Autofahrt nicht. Was sie mit Unruhe und ständigem Jammern kundtat.

Als wir den alten Vierseithof erreicht hatten lernten wir die Züchterin endlich persönlich kennen. Nach der Begrüßung führte sie uns in den Innenhof des Gebäudes. Dort befand sich der Welpenauslauf, in dem sich drei kleine französische Bulldoggen tummelten. Rosi schien recht entspannt als wir vor den Welpen standen. Sie beachtete die Kleinen kaum sondern lauschte lieber dem Echo nach, das im Hof entstand als sie kurz bellte.

Das faszinierte sie sichtlich, die Welpen waren eher uninteressant.

Für uns war das ein Zeichen dass sie klein Bela vielleicht ignorieren, ihm aber sicher nichts tun würde. Unser Entschluss stand damit endgültig fest; der schwarze Bullybub, der vorsichtshalber hinter Claudia, der Züchterin, in Deckung gegangen war als er die große Rosi so nah vor sich sah, würde bei uns einziehen.

Am Tag der Abholung ließen wir Rosi bei Helgas Mutter, da wir ihr nicht nochmal den Stress der Autofahrt zumuten wollten. Außerdem konnte sich Helga dann auf der Heimfahrt ganz ungestört unserem Neuzugang widmen, während ich uns heim chauffierte.

Nach ca. einer Stunde Fahrtzeit legten wir nochmals einen kurzen Zwischenstopp ein um Bullyfreunde zu besuchen, die in der Nähe wohnten. Sie waren ganz begeistert von unserem kleinen Wirbelwind und beglückwünschten uns zu ihm. Danach ging es nonstop nach Hause, wo ich Bela erst einmal in Ruhe sein zukünftiges Heim begutachten ließ. Helga fuhr derweil zu ihrer Mutter weiter um Rosi abzuholen.

Wir hatten beschlossen, dass Rosi und Bela zuerst außerhalb unserer Wohnung aufeinandertreffen sollten. Deshalb lief ich mit ihm zu einer nahe gelegenen Wiese und wartete angespannt auf die Ankunft von Helga und Rosi. Wie würde sich Rosi verhalten? Ich malte mir in Gedanken alle möglichen Szenarien aus. Doch tief im Inneren war ich eigentlich überzeugt, dass alles gut ablaufen würde.

Und so kam es dann auch. Unsere manchmal so unbeherrscht reagierende Rosi war zu Bela, der sich bei ihrem Anblick sofort auf den Rücken warf, ganz sanft als sie ihn intensiv beschnupperte. Besser konnte es gar nicht kommen. Guten Mutes gingen wir nach Hause, um dem jungen Mann zu zeigen wo er fortan leben würde.

Die Züchterin hatte uns ein kleines Hundebettchen mit etwas erhöhten Seitenteilen mitgegeben, in dem Bela die erste Zeit schlafen sollte. Wir platzierten es in der ersten Nacht zwischen unseren Kopfkissen, damit wir sofort merken würden wenn der Kleine unruhig wurde. Rosi lag wie immer zwischen uns, doch etwas weiter unten im Bett. Das Bettchen zwischen unseren Kissen schien ihr jedoch überhaupt nicht zu gefallen, deshalb stand sie auf, stieg mit den Vorderpfoten auf den Rand und kippte es kurzerhand um. Bela purzelte heraus und kuschelte sich sofort an die üppigen Rundungen seiner Ziehmama, um sogleich dicht an sie geschmiegt weiterzuschlafen. Rosi schien zufrieden, mit einem seligen Seufzer legte sie ihren Kopf auf den Kleinen und begann kurz darauf zu schnarchen.

Helga und mir ging das Herz auf bei diesem Anblick. Wie hatten wir gebangt und gehofft Rosi würde den kleinen Bullybub, wenn schon nicht mögen, so zumindest tolerieren. Dass sie ihn jedoch sofort adoptierte, daran hätten wir im Traum nicht gedacht.

Rosi nahm Bela an als wäre er ihr Welpe, fortan waren die Beiden ständig zusammen. Forderte Bela sie zum Spielen auf war sie sofort bereit dazu. Abends lagen sie aneinandergeschmiegt auf der Couch neben uns, als wäre es das selbstverständlichste auf der Welt.

Gemeinsam machten sie die Wohnung unsicher und jedes Spielzeug wurde von ihnen hin und her gezerrt. Meist ließ Rosi Bela gewinnen, sie überließ ihm ohne Murren ihre Schätze und sah zu wie er daran nagte.

Auch wenn Bela ihr Spielzeug klaute, sie mit seinen spitzen Milchzähnchen in ihre dicken Falten zwickte, ihr manchmal sogar die Wangen und Lefzen blutig biss, sie verzieh ihm einfach alles. Und wenn er es zu toll trieb und sie ihn tatsächlich einmal maßregelte, so bedurfte es nur eines Fiepens von ihm, schon war sie wieder ganz die besorgte Ziehmama.

Auch Helga und ich waren zufrieden, hatten wir doch allen Unkenrufen zum Trotz die richtige Entscheidung getroffen, als wir für Rosi einen neuen Gefährten suchten. Wie all die anderen Male zuvor hatten wir uns auf unser Bauchgefühl verlassen und unserem Herzen vertraut. Und es war gut so.

Die Beiden waren wie füreinander geschaffen, genau wie damals Luna und Jacqui lagen sie fast immer beieinander, entweder im Körbchen oder auf der Couch. Rosi war ja von Luna sehr streng erzogen worden, doch sie selbst war sehr liebevoll zu Bela. Einmal trat sie während des Spielens versehentlich auf seinen Penis, was er natürlich mit jämmerlichem Aufjaulen kommentierte. Als Wiedergutmachung brachte sie ihm sogleich ein Stofftier und legte es ihm zum Spielen hin.

Als Bela älter wurde begann er damit Rosi zu foppen, indem er ein Kaffeeholz oder ein Kauspielzeug ins Maul nahm, damit vor ihr auf und ab tänzelte um es ihr immer wieder genau vor die Schnauze zu halten. Doch sobald sie danach schnappte, zog er das Teil schnell wieder weg und Rosi griff ins Leere. Dieses Spiel gefiel Bela über die Maßen, mit dem Spieli im Maul hüpfte er auf die Bank und wieder herunter und Rosi ließ sich immer wieder von ihm animieren ihn zu verfolgen, nur um stets erneut ins Leere zu schnappen. Obwohl sie das Objekt der Begierde nie erwischte, schien auch ihr das Spiel großen Spaß zu machen.

Auch sonst ärgerte Bela Rosi gerne und sie ließ es sich gutmütig gefallen. Sie verzieh ihm einfach alles, genoss sichtlich seine Nähe und kuschelte so oft es ging mit ihm. Nur einmal wurde sie zornig - als Bela Helgas Schuh stahl. Er wollte ihn nicht mehr hergeben und knurrte und bellte Helga an und als sie ihm den Schuh abnehmen wollte, schnappte er sogar nach ihr. Das war zu viel für Rosi. Sie ging dazwischen, drängte Bela weg und knurrte ihn ihrerseits an. Das hat ihn so sehr beeindruckt, dass er sich seither ohne Probleme alles abnehmen ließ.

Eine Marotte hat sich Rosi jedoch von Bela abgeschaut: Immer wenn wir nach Hause kamen schnappte er sich einen Schuh oder Pantoffel und rannte damit eine Runde durchs Wohnzimmer. Rosi fand das wahrscheinlich so lustig, dass sie es ihm eines Tages nachtat.

Auch wenn sie alles gemeinsam taten, so gab es doch Unterschiede im Charakter unserer beiden Bullys. Während Rosi es liebte durch Pfützen zu rennen und sich dreckig zu machen, machte Bela, der Vornehme, um jede Pfütze einen großen Bogen. Auch dass Rosi nach wie vor andere Hunde und Menschen nicht mochte interessierte Bela wenig, er liebte einfach alles und jeden.

So war er auch sofort begeistert als wir auf einem Spaziergang auf eine deutsche Dogge trafen und wollte gleich zu ihr hinlaufen um zu spielen. Er war damals noch kein Jahr alt, doch die riesige Dogge schien in ihm den Beelzebub persönlich zu sehen und versteckte sich vor Angst hinter ihrem Herrchen. Es war ein Bild für die Götter.

Wie früher schon mit Luna und Rosi machten wir nun wieder gerne Ausflüge mit Rosi und Bela ans Meer. Rosi, die Autofahren hasste, riss bereits eine halbe Stunde bevor wir ankamen ganz aufgeregt den Kopf hoch, weil sie das Meer schon riechen konnte. Sie konnte es kaum erwarten ihre geliebten Stöckchen aus dem seichten Wasser zu retten und Bela war dabei ihr ständiger Begleiter. Bei einem dieser Ausflüge haben wir sogar das Skelett einer Riesenschildkröte gefunden, das unseren Hunden allerdings sehr unheimlich vorkam.

Ein liebgewonnenes Ritual war es auch für uns nach dem Spaziergang am Meer ein kleines Lokal aufzusuchen, einen guten italienischen Kaffee zu trinken und etwas zu essen. Dann saß Rosi stets bei mir, denn ich bestellte mir meist eine Pizza. Rosi liebte Pizza, während Bela lieber von Helgas Muscheln naschte, die Rosi überhaupt nicht mochte.

Während eines Ausfluges auf einen Gletscher sah Bela den ersten Schnee seines jungen Lebens und das im Juni. Wir fuhren mit einer Schrägbahn auf den Berg hinauf und als sie den Schnee sah konnte Rosi nicht widerstehen, sie warf sich in der weißen Pracht auf den Rücken und machte den Schneeengel, ihre Spezialität. Rosi liebte Winter und Schnee, Bela hingegen stakste etwas pikiert herum, der Schnee war ihm eindeutig zu kalt.

Oft machten wir auch Ausflüge zum Weißensee, nach einer etwa zweistündigen Wanderung war bei schönem Wetter immer noch ein erfrischendes Bad im See angesagt. Aber sowohl Rosi als auch Bela gingen immer nur bis zum Bauch ins Wasser, obwohl sie natürlich Beide schwimmen konnten, doch aus eigenem Antrieb taten sie es nie.

Danach gingen wir noch ein Stück weiter und fuhren dann mit dem Schiff zurück, wozu wir die Hunde aber immer an Bord tragen mussten. An einem Tag, an dem nur wenige Passagiere mitfuhren, durften wir mit den Hunden nach vorne in den Bug des Schiffs, wo wir ganz alleine waren. Dort konnten wir die Fahrt richtig genießen, weil wir nicht auf die Hunde aufpassen mussten.

Wenn wir bei einem Spaziergang auf andere Hunde trafen ließen wir Bela oft mit ihnen spielen, wenn es passte. Er sollte ja auch soziale Kontakte mit fremden Artgenossen haben. Doch zuvor mussten wir Rosi davon abhalten sich auf den fremden Hund zu stürzen. So war immer eine von uns gezwungen mit Rosi abseits zu stehen, während die andere bei Bela blieb, damit er spielen konnte. Wenn ich mit beiden Hunden allein unterwegs war hielt ich stets die Augen offen und wechselte sofort die Straßenseite, wenn ich einen Hund kommen sah. Entdeckte Rosi den Hund jedoch vor mir gab es unweigerlich Stress, da sie ihn dann wütend anpöbelte.

Rosis Aversion gegen Hunde sprach sich natürlich schnell bei unseren Freunden herum. Wenn wir mal Besuch von Bekannten mit Hund bekamen, was nicht mehr oft vorkam, mussten wir Rosi leider wegsperren. Und während Bela im Garten mit dem anderen Hund spielte, lag Rosi hinter der Terrassentür und beobachtete genau was draußen vor sich ging, dabei grummelte sie leise vor sich hin. Dann tat sie mir immer sehr leid, doch wäre es unverantwortlich gewesen sie dazu zu lassen, weil sie einfach zu unberechenbar war. Aber allzu oft kam es ja nicht vor.

Wenn früher immer Rosi vorneweg lief und Luna sich wachsam im Hintergrund hielt war es plötzlich so, dass Bela immer vorne war und Rosi von hinten alles im Auge behielt, immer bereit, ihrem Bub beizustehen sollte es notwendig werden. Eifersucht oder Futterneid gab es nicht zwischen den Beiden. Einträchtig fraßen sie nebeneinander und da Rosi mit ihrer Portion immer eher fertig war wartete sie geduldig bis Bela seinen Napf verließ, um dann nachzuschauen ob er ein paar Krümelchen vergessen hatte, die sie auflecken konnte. Seit Bela bei uns war gefiel Rosi das Autofahren besser und auch unsere Wanderungen machte sie ohne zu murren mit. Aber am glücklichsten war sie zu Hause. Ihre vier Wände, der Garten, wir und Bela, mehr brauchte sie nicht zum Glücklichsein.

Doch so entspannt Rosis Verhältnis zu Bela war, so angespannt war es leider zwischen ihr und Tinka.

Warum sie unsere Katze so hasste wussten wir nicht, denn schließlich ist sie ja in deren Beisein aufgewachsen. Tinka hatte ihr auch nie einen Anlass gegeben sie nicht zu mögen, die Antipathie ging allein von Rosi aus.

Der einzige Grund der mir einfiele wäre Eifersucht. Denn Tinka kam jeden Abend zu später Stunde zu mir ins Bett, wo sie zuerst an meiner Seite und später auf meinem Kopfkissen lag und schlief, was Rosi ganz offensichtlich nicht gefiel. Bela, der ja jeden Mensch und jedes Tier liebt, schaute sich die Abneigung gegen Tinka zum Glück nicht von Rosi ab. Außerdem wussten Beide, dass Tinka tabu für sie war und hielten sich, zumindest während meiner Anwesenheit, daran.

Seit unserem letzten Umzug war unsere Katze viel entspannter in der neuen Wohnung fühlte sie sich ganz offensichtlich wohl. Ihr bevorzugter Platz war das Fensterbrett im Wohnzimmer, wo sie die meiste Zeit verbrachte. Nach Rosis Einzug und den ersten Querelen mit ihr zog Tinka es allerdings vor im Arbeitszimmer zu bleiben. Wir brachten an der Tür zwischen dem Arbeits- und dem Wohnzimmer, in dem sich die Hunde aufhielten ein Gitter an, durch das Tinka durchgehen konnte wenn sie das wollte, die Hunde aber nicht. So konnte sie jederzeit zu uns kommen, auch nachts.

Waren wir auf Arbeit blieb Tinka eigentlich immer auf ihrer sicheren Seite des Gitters. Warum sie es eines Tages nicht tat, wir wissen es nicht. Jedenfalls fanden wir nach unserer Rückkehr unsere Katze schwer verletzt vor. Was genau geschehen ist konnten wir auch im

Nachhinein nicht rekonstruieren. Offensichtlich war nur, dass Tinka einen Kieferbruch hatte und operiert werden musste. Doch leider erholte sie sich nicht richtig von der Operation und weigerte sich zu fressen. Ich versuchte sie mit allerlei Leckerbissen zu locken, denn laut Tierarzt konnte es eigentlich nicht sein, dass sie Schmerzen hatte. Rosis Angriff schien sie mehr in der Seele als körperlich verletzt zu haben, sie war in sich gekehrt und versteckte sich immer öfter.

Ich war ziemlich verzweifelt, denn ich musste Tinka mehr oder weniger zwangsernähren, indem ich ihr faschiertes Fleisch ins Maul stopfte. Es tat mir im Herzen weh und ich dachte schon daran sie erlösen zu lassen. Schließlich fasste ich den Entschluss meine Freundin, die Tierkommunikatorin, zu fragen ob sie nicht mit Tinka in Verbindung treten könnte. Sie war meine letzte Hoffnung. Und, das Unglaubliche ist geschehen. Tinka fing wieder an selbständig zu fressen. Egal, ob andere jetzt daran glauben oder auch nicht, ich war unsagbar dankbar, dass es mit Tinka wieder aufwärts ging, auch wenn sie eigentlich nie mehr so unbeschwert wurde wie vor dem Vorfall.

Eines Tages beschlossen Helga und ich, dass es Zeit für uns wäre endgültig sesshaft zu werden, und so begaben wir uns auf die Suche nach einem Haus mit Garten. Am liebsten wollten wir in der Stadt bleiben, wo wir bisher gewohnt hatten. Aber keines der Häuser, die wir besichtigten, gefiel uns wirklich. Schließlich wollten wir es mit einer Maklerin versuchen und ein Haus etwas außerhalb der Stadt kaufen. Das erste Haus das sie uns vorschlug, lag in einem kleinen Dorf. Es hatte einen Garten in den Hang gebaut und wir beide witzelten, dass man hier das Gras nur mit einer Sense oder durch die Haltung von Ziegen kurzhalten könne – dieses Haus bekam von uns fortan den Namen „Ziegenhaus".

Wir fuhren mit dem Auto zum nächsten Haus. Dieses hatte einen wunderschönen großen Garten und man konnte sogar noch ein weiteres Stück dazu pachten, dann würde sogar ein kleines Bächlein unser eigen sein. Das Haus selbst war zwar renoviert, aber es war uns zu alt. Unsere Maklerin meinte dann sie hätte noch eines für uns, das wäre zwar noch nicht auf dem freien Markt, aber die Besitzer würden im Juni ausziehen, so dass wir im Juli schon einziehen könnten.
Es war in derselben Ortschaft wie das „Ziegenhaus". Als fuhren wir wieder zurück. Leider konnten wir nicht in das Haus hinein, da die Maklerin keinen Termin mit den aktuellen Besitzern ausgemacht hatte, aber was wir von außen sahen gefiel uns auf Anhieb. Es handelte sich um eine Doppelhaushäfte mit einem kleinen Garten und hatte genau die richtige Größe für uns. Im Garten wäre zwar noch ein wenig zu verändern gewesen, aber wie so oft hatten wir uns eigentlich schon entschieden.
Und als ich vier Wochen später das erste Mal mit einem Umzugswagen alleine auf dem Weg nach Hause war, es hatte gerade heftig geregnet, erschienen zwei wunderschöne, farbenprächtige Regenbögen. Für mich war es ein Zeichen von meiner Prinzessin und meinem Bua, dass wir richtig gehandelt hatten.

War es Zufall oder Schicksal das uns zu diesem Haus geführt hat? Warum? Sitze ich heute auf unserer Terrasse fällt mein Blick auf unseren Schicksalsberg. Ich schau hinauf zu jener Stelle an der mein geliebter Bua vor so vielen Jahren verschwunden ist. Es tut immer noch weh, ja, aber es fühlt sich auch irgendwie stimmig an. Es kommt alles, wie es kommen muss.

Tinka, die sich in der alten Wohnung nicht mehr wohl gefühlt hatte, gefiel das neue Haus deutlich besser. Sie wollte plötzlich sogar nach draußen gehen, was sie vorher stets vermieden hatte. Ich ließ sie, wenn auch mit gemischten Gefühlen, hinaus. Doch eines Morgens war sie nicht mehr da und ich befürchtete sie würde auch nicht mehr wiederkommen.

Vermutlich war ihr der Stress mit den Hunden endgültig zu viel geworden. Das machte mich traurig, ich hätte es ihr auf ihre alten Tage gerne leichter gemacht, wusste aber nicht wie. Sie wegzugeben war keine Option, sie war meine Katze und ich hing sehr an ihr. Doch am nächsten Tag war sie wieder da, sie saß im Garten unter dem Fenster, als wäre nichts gewesen. Von da an durfte sie jeden Abend rausgehen, wir ließen den Rollladen ein Stückchen offen, so dass sie selbst entscheiden konnte ob sie raus oder rein wollte. Eine Zeitlang schien es als würde es Tinka wieder besser gehen, doch dann verschlechterte sich ihr gesundheitlicher Zustand zusehends. Sie bekam Probleme mit ihren Nieren und trotz des Spezialfutters verlor sie an Gewicht. Ich bemerkte auch ein Geschwür an ihrem

Kopf, doch laut Tierärztin wäre dies nur eine Talgdrüse.

Dann eines Abends, als ich von der Arbeit kam, fand ich sie im Arbeitszimmer im ersten Stock in ihrem Blut liegend tot vor. Der erste Stock war ihr ganz alleiniges Reich, er war durch eine Gittertür abgeschlossen, so dass sie, wie in unserer alten Wohnung, raus konnte, die Bullys aber nicht rein. Ich weiß nicht was genau geschehen war, aber ich vermute, dass dieses Geschwür, welches ich bemerkt hatte, aufgeplatzt war. Tinka hatte mich vierzehn Jahre begleitet und mich quälen noch immer Schuldgefühle, weil ihr Leben wegen unserer Hunde so schwer für sie geworden war. Ich hoffe sie hat mir verziehen. Ein Stück meines Herzens ist mit ihr gegangen.

Unsere Ausflüge mit Rosi und Bela liefen meist sehr harmonisch ab, die Beiden waren ein wirkliches Traumteam, so dass es nie zu Unstimmigkeiten kam. Diese Idylle war jedoch in Gefahr sobald wir anderen Hunden begegneten, weshalb wir immer die Augen offen hielten, damit wir ihnen aus dem Weg gehen konnten und Rosi gar nicht erst in Versuchung kam sie anzupöbeln.

Ein ganz besonderer Ausflug führte uns vier zu einem Ort, der für Helga und mich unvergesslich werden sollte. Denn wir hatten beschlossen unsere langjährige Liebe mit einer Heirat zu krönen. Nachdem wir das Lokal inspiziert und für den großen Tag gebucht hatten, machten wir noch einen langen Spaziergang. Der Weg führte uns an einem Schneefeld vorbei, über das sich die Hunde besonders freuten. Sie tobten übermütig durch die unverhoffte weiße Pracht. Rosi machte ihren Schneeengel und Bela tat es ihr nach. Auf dem Rückweg begegneten wir ein paar Murmeltieren, die uns neugierig betrachteten. Da sie Menschen kannten liefen sie nicht vor uns davon. Bei unseren Hunden fanden sie ebenso wenig Beachtung wie die Kuhherde, die kurz darauf unseren Weg kreuzte. Helga hingegen hatte ein bisschen Angst vor den frei laufenden Kühen, sie war halt ein Stadtmensch und nicht auf dem Land aufgewachsen, so wie ich.

Am 6. 7. 2019 war dann der große Tag unserer Hochzeit und wir waren Beide etwas nervös. Doch die Zeremonie lief sehr harmonisch ab und natürlich durften auch Rosi und Bela dabei sein. Sie waren beide mustergültig brav, so als wären sie sich der Besonderheit dieses Tages bewusst.

Anschließend gingen wir zu einer kleinen Kapelle in der Nähe. Meine Nichte Natascha, meine Trauzeugin, kam ebenfalls mit, sie führte Rosi an der Leine und auch Helgas Mutter war mit Bela dabei. Sie machte Fotos von uns. Auf einem sind Helga, ich und Rosi zu sehen - damals hätten wir nicht gedacht, dass es unser letztes gemeinsames Foto mit Rosi sein würde.

Kapitel 10:
Rosis tragischer Tod

Ähnlich wie Jacquis plötzliches Verschwinden aus unserem Leben traf uns Rosis tragischer Tod wie aus heiterem Himmel. Nichts, aber auch wirklich gar nichts, bereitete uns darauf vor.

Wie wir heute wissen begann das Drama am 28. Dezember 2019. Es war ein Samstag und wir hatten Hochnebel im Tal. Durch den Nebel konnte man schon ganz leicht den blauen Himmel erkennen. Es würde ein schöner Tag werden, deshalb beschlossen Helga und ich spontan Skifahren zu gehen. Der Berg liegt nur etwa zehn Minuten mit dem Auto von uns entfernt und wie erwartet empfing uns dort oben ein strahlend blauer Himmel.

Mit dem Skilift fuhren wir ein paarmal rauf und auf unseren Skiern wieder runter, dann wurde uns der Betrieb zu lebhaft, da sehr viele Kinder da waren. Wir beschlossen im Gipfelhaus einen guten Kaffee zu trinken und ließen uns dabei die Wintersonne ins Gesicht scheinen. Im Tal löste sich langsam der Nebel auf und gab den Blick über die winterliche Landschaft frei. Es würde ein Traumtag werden und so beschlossen wir wieder nach Hause zu fahren.

Während Helga im Haus was zu tun hatte beschloss ich mit Rosi und Bela einen Spaziergang zu machen. Ich setzte die Beiden ins Auto und fuhr mit ihnen zum Fluss, wo wir bei strahlendem Sonnenschein einen Spaziergang von eineinhalb Stunden machten.

Da ich meinen Fotoapparat dabei hatte machte ich ein paar Bilder von den Hunden, nicht ahnend, dass es die letzten von Rosi sein sollten.

Heute steht eines davon hinter ihrer Urne, auf einer Schiefertafel verewigt, und es vergeht kein Tag an dem ich es nicht betrachte.

Nachdem wir wieder zu Hause waren fing Rosi plötzlich an zu zittern und wir dachten zuerst, dass sie sich beim Spaziergang überanstrengt, oder sich vielleicht ein Infekt oder Virus eingefangen hatte. Wir ahnten nicht, dass es der Anfang von Rosis Ende war.

Tags darauf bekam sie dann leichtes Fieber und fing auch zu husten an, so dass wir beschlossen gleich am Montag mit ihr zum Tierarzt zu gehen. Noch immer machten wir uns keine allzu großen Sorgen und wie vermutet bekam sie beim Tierarzt eine Aufbauspritze und Antibiotika, woraufhin es ihr schnell wieder besser ging.

Am Neujahrstag schien es ihr wieder gut zu gehen, doch dem war nicht so. Ihr Körper hatte bereits damit begonnen sich gegen sie zu wenden. Donnerstag bemerkten wir eine starke Wesensveränderung bei Rosi. Sie stand mitten im Wohnzimmer und starrte einfach vor sich hin, es schien als würde sie uns gar nicht richtig wahrnehmen. Der Zustand dauerte etwa zwanzig Minuten an und wiederholte sich. Deshalb beschlossen wir am nächsten Tag nochmal mit ihr zum Tierarzt zu fahren.

Diesmal war unsere Tierärztin da, sie sah Rosi an und erschrak, da sie ihr sehr blass vorkam. Deshalb machte sie zuerst einen Bluttest.

Es war Freitag, der 3. Januar 17:30 Uhr und weder Helga noch ich ahnten, dass uns nur noch knapp zwanzig Stunden mit unserem geliebten Püppi bleiben würden.

Das Ergebnis des Bluttests war niederschmetternd. Rosi hatte nur noch 11.000 rote Blutplättchen, der Normalwert liegt zwischen 350.000 und 500.000. Die Ärztin vermutete deshalb eine innere Verletzung oder eine Autoimmunstörung. Sie machte sich sehr große Sorgen und sagte uns, dass es sehr schlecht um Rosi stand.

Die Schwester unserer Tierärztin ist Spezialistin für Ultraschalluntersuchungen. Sie befand sich gerade auf der Heimreise von einem Kurzurlaub, versprach aber direkt in die Klinik zu kommen. Bis zu ihrem Eintreffen bekam Rosi laufend Infusionen, unter anderem Cortison, das Einzige was ihr vielleicht noch helfen konnte. Sie ließ alles tapfer über sich ergehen, während Helga, Bela und ich die ganze Zeit bei ihr waren. Endlich, so gegen 21 Uhr, kam die Spezialistin und begann sofort damit Rosi komplett zu schallen. Uns war jedoch schon klar, sollte sie tatsächlich innere Blutungen haben, würde sie die dann zwingend nötige Operation kaum überleben. Doch der Ultraschall blieb ohne Befund.

Rosi bekam nochmals Infusionen um ihr Immunsystem zu stärken und gegen 22.45 Uhr durften wir dann mit ihr nach Hause fahren, um am nächsten Morgen um 9 Uhr erneut in die Klinik zu kommen. Dann würde ein weiterer Bluttest gemacht der zeigen sollte, ob die

Medikamente angeschlagen hatten. Die Ärzte hatten getan was sie konnten, doch ihre Hoffnung war eher gering.

Ziemlich niedergeschlagen fuhren wir mit Rosi nach Hause. Irgendwie fühlten wir wohl alle, dass es unsere letzte gemeinsame Nacht sein würde, wir verbrachten sie mit Rosi im Wohnzimmer. Am nächsten Morgen bestand ich darauf, dass Bela wieder mit zur Klinik kam. Bevor wir losfuhren bat ich noch meine befreundete Tierkommunikatorin mit Rosi zu reden und sie zu bitten sie solle kämpfen. Rosis Antwort kam schwach und zögerlich, doch sie versprach es zu versuchen.

Noch bevor wir in die Klinik gingen legte ich mich zu ihr auf die Rückbank des Autos und bat sie inständig nicht aufzugeben, aber ihr Blick sagte mir etwas anderes und mein schlechtes Gefühl sollte sich leider bewahrheiten.

Der erneute Bluttest erbrachte eine niederschmetternde Diagnose: Trotz der Medikamente waren die Werte nochmals um ein Drittel gefallen. Rosi wurde zusehends schwächer, auf Grund der fehlenden Blutblättchen konnten die Gefäße das Blut nicht mehr halten, sie drohte innerlich zu verbluten. Eine winzige Hoffnung versprach einzig noch eine Bluttransfusion von einem gesunden Hund.

Ich fragte den Tierarzt ob das denn überhaupt noch einen Sinn hätte, denn ich fühlte, dass Rosi sich eigentlich schon aufgegeben hatte. Ich war nochmal mit ihr draußen gewesen, damit sie sich erleichtern konnte. Dazu hatte ich sie hinaus und auch wieder herein getragen, da sie zu schwach zum Laufen war.

Ihr Körper war bereits sehr aufgebläht, wohl durch das Blut, das ungehindert aus den Gefäßen in ihren Bauchraum floss.

Eine Bluttransfusion wäre die einzige Chance die sie noch hätte, gab mir der Arzt Bescheid, und fragte mich ob ich ihr die nehmen wollte. Nein, das wollte ich natürlich nicht, also stimmte ich zu.

Die Tierklinik arbeitete mit dem nahegelegenen Tierheim zusammen wenn es um dringende Blutspenden ging. Und so rief der Tierarzt auch gleich dort an und bat um einen Hund, der als Blutspender registriert war. Sobald der Hund da war wurde er sofort sediert, doch es kam nicht mehr zum Austausch. Rosi konnte und wollte wohl auch nicht mehr, sie begann zu husten und Blut drang aus ihrer Nase und ihrem Maul.

Bela, der die ganze Zeit hechelnd bei uns gestanden hatte und der nie freiwillig auf einen Behandlungstisch ging, sprang plötzlich mit einem Satz hinauf um seiner Rosi noch einmal nahe zu sein. Er spürte, dass es mit ihr zu Ende ging und drängte sich an sie.

Ich hielt Rosis Pfote in meiner Hand. Wegen ihrer wunden Pfoten musste sie oft Tabletten nehmen oder bekam Spritzen, was sie immer ertrug ohne einen Laut von sich zu geben. Sie war stets ein tapferer Hund gewesen, doch nun konnte sie nicht mehr kämpfen. Ihr Herz hörte auf zu schlagen.

Helga rief sofort nach dem Arzt als Blut aus Rosis Nase lief, doch auch er konnte nichts mehr machen. Man merkte ihm an, dass auch er am Boden zerstört war.

Obwohl er von der Rasse an sich nicht so begeistert war, mochte er Rosi doch sehr gern. Jetzt blieb ihm nur noch den Termin für die Einäscherung ihres toten Körpers für uns zu organisieren. Uns blieben noch 45 Minuten um von unserer Püppi Abschied zu nehmen, bevor wir mit ihr im Krematorium eintrafen.

Nachdem wir noch eine schöne Urne für sie ausgesucht hatten sagten wir Rosi für immer Lebewohl. Von den ersten Anzeichen ihrer Krankheit bis zu ihrem Tod waren gerade mal 20 Stunden vergangen.

Nichts, aber auch rein gar nichts, konnte uns auf diesen einen Moment vorbereiten, und nichts den Schmerz nehmen, der mit dem Lebewohl sagen unweigerlich einhergeht. Ich habe unser Runzeltier aus tiefstem Herzen geliebt, wie alle meine Tiere. Sie war nie ein einfacher Hund gewesen und hatte ihre Marotten gehabt. Die Kastration hatte alles nur noch schlimmer gemacht. Aber trotzdem, oder vielleicht auch gerade deshalb, hatte sie einen ganz besonderen Platz in meinem Herzen. Es sind oftmals die nicht so einfachen Hunde, diejenigen, die für uns eine ganz besondere Herausforderung darstellen, die wir besonders lieben.

Ich konnte Rosis so plötzlichen Tod einfach nicht begreifen. Nur eine Woche zuvor hatten wir noch einen wunderschönen gemeinsamen Spaziergang unternommen und nicht daran gedacht, dass es jemals anders sein würde. Und jetzt war sie einfach so aus meinem Leben verschwunden. Sie fehlt mir so sehr, meine Püppi, meine Zimtzicke.

Am nächsten Abend bekam ich eine E-Mail von Gerdi, der Tierkommunikatorin. Rosi hatte sich überraschend bei ihr gemeldet damit sie uns übermitteln solle, dass sie gut in der jenseitigen Welt angekommen sei. Wir sollten nicht so viel um sie weinen, alles sei so gekommen wie es vorbestimmt war. Sie wollte uns auch wissen lassen, dass sie gerne noch länger geblieben wäre, denn sie hätte ein wunderschönes Leben bei uns gehabt und wäre nur sehr ungern von uns gegangen. Aber sie hätte ihren Lebensplan erfüllt und den Weg für Luna freigemacht, die bald wieder zu uns zurückkehren wollte.

Nun ist es ja nicht jedermanns Sache an Reinkarnation zu glauben, schon gar nicht wenn es unsere Haustiere betrifft. Auch ich und Helga standen dieser These lange Zeit sehr zwiespältig gegenüber. Einerseits wünschten wir uns natürlich sehnlichst, dass es kein Abschied für immer war, wenn eines unserer Tiere gehen musste. Andererseits ist der Gedanke aber auch irgendwie abwegig, zumindest wenn man sich noch kaum mit dem Thema ernsthaft beschäftigt hat. Und man traut sich auch kaum mit jemandem darüber sprechen, wenn man nicht Gefahr laufen will für ein wenig verrückt gehalten zu werden.

Doch gibt es immer mehr Menschen die sich durchaus für Reinkarnation interessieren oder sogar davon überzeugt sind. Zu diesen Menschen gehört auch unsere Tierkommunikatorin Gerdi.

Um die oft dramatischen Erlebnisse mit ihren eigenen Tieren zu verarbeiten, kam sie zur Tierkommunikation. Während ihre Hunde es Zeit ihres Lebens gerne vermieden haben mit ihr zu sprechen, erzählten sie ihr nachdem sie verstorben waren sehr ausführlich über das Leben nach dem Tod. Auch, das viele Haustiere erneut zu ihren Menschen zurückkehren würden.

Entweder weil sie ihre Lebensaufgabe noch nicht ganz erfüllen konnten, oder auch einfach nur weil sie nochmals mit ihren geliebten Menschen zusammen sein wollten. Gewissermaßen als Ausgleich dafür, dass sie ja eine weitaus geringere Lebenserwartung als Menschen hätten.

Gerdis Neugier an dem Thema war schnell geweckt, durch einschlägige Bücher, aber auch durch Gespräche mit spirituell eingestellten Menschen und nicht zuletzt durch die Aussagen ihrer eigenen Hunde, war sie bald vollkommen davon überzeugt. Eine Kommunikation macht sie jedoch nur auf Wunsch von guten Bekannten und Freunden, oder wenn sich ein Tier bei ihr meldet.

Nach der Tragödie um Jacquis Verschwinden habe ich sie gebeten mit ihm zu sprechen um ein wenig Klarheit zu bekommen. Damals tröstete es mich sehr, dass Jacqui die Absicht hatte erneut bei uns zu inkarnieren. Inzwischen sind wir überzeugt, dass er im Körper von Bela wieder bei uns ist.

Rosi hatte Gerdi ebenfalls erzählt es wäre gar nicht so selten, dass Hunde nach ihrem Tod nochmals bei ihrer Familie reinkarnieren. Das gelte nicht nur für Hunde sondern auch für Katzen oder Pferde, Kein Tier wäre jedoch gezwungen nochmals zu inkarnieren, wenn es das nicht wollte. Oder auch nicht, wenn eine erneute Inkarnation nicht mehr in den weiteren Lebensplan der Menschen passte.

Doch da Menschen und ihre Haustiere im Jenseits zu derselben Seelenfamilie gehören, kämen wir nicht nur nach dem Tod, sondern auch im nächsten Erdenleben wieder zusammen.

Luna hatte tatsächlich schon vor einiger Zeit über Gerdi angekündigt, dass sie plane wieder zu uns zurückzukommen. Sie wolle wieder mit Jacqui zusammen sein, ihrer großen Liebe. Doch zu dem damaligen Zeitpunkt konnten wir uns unser Leben mit drei Hunden nicht vorstellen. Helga und ich waren täglich mehrere Stunden außer Haus und die Hunde solange allein. Das klappte zwar mit Rosi und Bela ganz gut, war aber natürlich nicht optimal. Und ob sie sich mit einem dritten Hund vertrugen war nicht sicher.
Also entschieden wir ein dritter Hund käme erst in Frage, wenn mindestens eine von uns zu Hause blieb. Hätten wir jedoch gewusst, dass Rosi uns verlassen würde um es Luna zu ermöglichen zurückzukehren, hätten wir ganz sicher anders entschieden.

Kapitel 11:
Ein neuer Partner für Bela

Ferdinand

Nach einer schlaflosen Nacht voller unzähliger Tränen begann der nächste Tag mit strahlend blauem Himmel. Doch in uns war nur unsagbare Trauer. Ich kann nicht sagen wer mehr trauerte, wir oder Bela. Wir waren uns Beide sicher dass er genau wusste, dass seine Ziehmama und beste Freundin für immer gegangen war. Man sah ihm die Trauer an und ich hatte ein sehr schlechtes Gefühl wenn ich Bela ansah. Er und Rosi hatten sich so sehr geliebt, waren von der ersten Minute an ein Herz und eine Seele gewesen. Plötzlich alleine war Bela ein trauriges Häufchen Unglück, so dass es für Helga und mich schnell klar wurde: Wir mussten uns so bald als möglich wieder einen neuen Hund holen. Zu Belas Wohl aber auch für unser eigenes. Doch dieses Mal war uns sofort klar, es sollte wieder eine englische Bulldogge sein.

Für viele Menschen ist es vielleicht nicht nachzuvollziehen, dass wir schon so kurz nach Rosis Tod nach einem neuen Familienmitglied Ausschau hielten. Doch uns schien es die einzige Möglichkeit unsere Trauer zu bewältigen. Ein anderer Hund konnte und sollte Rosi nicht ersetzen, sie war für uns so einzigartig gewesen, wie jedes unserer Tiere es war oder ist. Doch ein neuer Bully würde unsere Aufmerksamkeit fordern und uns dadurch die Trauer erträglicher machen.

Unsere Runzlige, wie wir Rosi oft scherzhaft genannt hatten, würde immer in unserem Herzen bleiben, nie würde sie ein anderer Hund ersetzen können. Alle unsere Hunde die gegangen sind waren unsere Kinder und jeder für sich nahm ein Stück unserer Herzen mit sich. Zudem hatten Helga und ich irgendwie die innere

Gewissheit, dass ein neuer Bully auch ganz im Sinne von Rosi gewesen wäre. Auch unsere Tierärztin, die ich später anrief um mich für ihre Hilfe zu bedanken, sagte mir: „Das Einzige was über die Trauer um einen geliebten Hund hinweg hilft, ist sich einen neuen Hund zu holen."

An diesem Sonntag hielt mich nichts zu Hause, es war so leer ohne Rosi. Deshalb schlug ich Helga vor wir sollten ans Meer fahren. Sie stimmte zu und wir fuhren los. Helgas Mutter und Bela kamen mit.

Wie der Zufall es wollte trafen wir an dem Tag noch auf ehemalige Nachbarn. Sie freuten sich riesig uns zu sehen, weinten aber auch mit uns als wir von Rosis Tod erzählten.

Gleich nach Rosis Tod hatte ich bei meinem Chef eine Woche Urlaub erbeten. Diese Auszeit wollte ich zusammen mit Helga nutzen um nach einem passenden Welpen für uns zu suchen. Wir waren schon länger auf Facebook mit Andreas befreundet, einem Bulldoggenzüchter. Von dem wusste ich, dass er sehr darauf bedacht war gesunde Hunde zu züchten. Kurzerhand rief ich ihn an, schilderte ihm unsere Situation und fragte an, ob wir von ihm einen Welpen bekommen könnten.

Wieder einmal hatte das Schicksal für uns die Karten gemischt denn er sagte, dass er von gleich zwei Hündinnen Würfe erwartete. Der erste Wurf von Hündin Alizee war für den 21. Januar errechnet, am 30. Januar sollten dann Sallys Babys kommen.

Nachdem wir eine Weile hin und her geschrieben hatten sagte der Züchter uns zu, dass wir die erste Wahl unter den Welpen hätten. Dabei hat uns Babette, eine gute Freundin aus unserer Lieblings-Bully-Gruppe sehr geholfen, indem sie bei Andreas ein gutes Wort für uns eingelegt hatte. Denn es ist nicht ganz einfach aus dieser Zucht einen Welpen zu bekommen.

Zum ersten Mal seit Rosis tragischem Tod sahen wir wieder ein Licht am Ende des Tunnels. In uns wuchs die Zuversicht, dass alles gut werden würde, für Bela und auch ein bisschen für uns.

Die Tage zogen sich endlos langsam dahin, während wir auf den 21. Januar warteten. Bela trauerte noch immer so extrem um seine Rosi, dass uns langsam Angst und Bange um ihn wurde. Er fraß nur noch sehr schlecht, wollte noch nicht einmal mehr das, was ich extra für ihn kochte. Ich bot ihm unzählige Gerichte an, versuchte es mit Trocken- und Nassfutter, aber nichts wollte er fressen. Er nahm gut drei Kilo ab und man konnte schon die Wirbelsäule unter seinem schwarzen Fell erkennen.

Besonders im Haus war er sehr ruhig, lag nur noch an den Stellen an denen seine Rosi immer gelegen hatte, in ihrem Körbchen auf ihrem Lammfell. Es brach uns das Herz ihn so leiden zu sehen und wir waren uns sicher, dass die Entscheidung für einen neuen Welpen das Einzige war, das ihm wieder seine Lebensfreude zurückbringen würde.

Wir wollten unbedingt wieder ein Mädchen, eine kleine Sissi, und saßen am Dienstag, dem 21. Januar wie auf glühenden Kohlen. Immer wieder den Blick aufs Handy gerichtet warteten wir darauf, dass der Züchter sich melden würde. Dann endlich war es soweit, Alizee hatte drei kleinen Jungs das Leben geschenkt.

Wir waren enttäuscht, hatten wir uns doch so auf unsere Sissi gefreut. Der Züchter war ebenfalls überrascht, da Alizee bisher noch keinen Rüdenwurf hatte. Aber das war nun einmal nicht zu ändern, dann mussten wir eben auf den Wurf von Sally am 30. Januar warten.

Helga war noch enttäuschter als ich, sie hatte sich sehr in Alizees sanfte Schlafzimmeraugen verliebt und so darauf gehofft unsere Sissi bekäme diese ebenfalls.

Natürlich sandte uns der Züchter trotzdem Bilder von Alizees F-Wurf und es kam, wie es eigentlich nicht hätte kommen sollen. Wir verliebten uns Beide total in den kleinen, dicken Bub in der Mitte. Ohne unsere Gedanken überhaupt je an einen Namen für einen Rüden verschwendet zu haben entschlossen wir uns beide spontan, der Kleine solle Ferdinand heißen. Und plötzlich war für uns klar, dass der kleine Ferdinand unser nächster Hund sein würde.

Doch dann plagten uns Gewissensbisse, hatte nicht Luna der Tierkommunikatorin gesagt, dass sie als Hündin wieder zu uns kommen werde? Konnte es sein sie hatte es sich plötzlich anders überlegt? Oder hatten wir uns einfach den falschen Hund ausgesucht? Wir waren plötzlich unsicher.

Ich fragte bei Gerdi nach ob wir uns eventuell in den falschen Hund verliebt hätten, doch sie meinte das wäre bestimmt nicht der Fall. Aber, gab sie zu, auch ihr wäre beim Betrachten der Fotos von Ferdinand sofort Rosi und nicht Luna in den Sinn gekommen.

Sie meinte wir sollten auf jeden Fall noch den zweiten Wurf abwarten, welches Gefühl wir dann hätten. Das wollten wir gerne tun, doch eigentlich war für uns klar, wir wollten Ferdinand.

Im zweiten Wurf war dann tatsächlich eine kleine Hündin, sie war goldig und liebenswert, aber eindeutig nicht unser Hund. Also haben wir uns endgültig für Ferdinand entschieden. Wenn auch mit schlechtem Gewissen Luna gegenüber.

Auch Gerdi hatte die Geschichte keine Ruhe gelassen, weshalb sie sich nochmals mit Luna in Verbindung setzte. Und die hat ihr Erstaunliches berichtet:

Luna erzählte:
„Eigentlich war alles klar gewesen, meine Seele hatte sich bereit gemacht den kleinen Körper zu besetzen, in dem ich geboren werden sollte. Rosis Seele war bereits über die Regenbogenbrücke gegangen, so wie es vorgesehen war. Meist bleibt beim Übergang keine Traurigkeit zurück, denn der Ort den ihr Menschen Himmel nennt, ist für jede Seele die wahre Heimat und sobald wir dorthin zurück gekehrt sind wollen wir nicht mehr weggehen. Doch wie überall gibt es Ausnahmen, und bei Rosi war das der Fall. Sie trauerte ihrem irdischen Leben sehr nach, das ihrer Meinung nach viel zu kurz gewesen sei. Zwar hatte ihre Seele damals dem vereinbarten Lebensplan zugestimmt. Doch während ihres Todeskampfs wurde ihr klar was sie aufgeben musste. Sie wollte nicht gehen, doch es gab keine Wahl für sie. Darüber war sie so unglücklich, dass sie mir einfach

schrecklich Leid tat. Nun ist es so dass jede Seele, auch die tierische, einen gewissen Spielraum hat was den Zeitpunkt ihres nächsten Daseins angeht. Und wie es im irdischen Leben auch ist kann man seinen Plan ändern und sich anders entscheiden. Dabei stehen uns himmlische Berater zur Seite, doch die Entscheidung liegt letztendlich bei uns.

Ich habe mich umentschieden, Rosi zuliebe, und kam mit ihr überein, dass sie den Welpen, der mein neuer Körper sein sollte, beseelen sollte. Dazu muss ich zuvor noch kurz erklären, dass es nicht unbedingt nötig ist einen noch ungeborenen Körper ständig zu bewohnen. Um sich körperlich zu entwickeln und mehr tut er im Mutterleib nicht, braucht er noch nicht ständig seine Seele. Es reicht wenn sie hin und wieder bei ihm ist. Manchmal passiert es allerdings, dass eine Seele es nicht rechtzeitig zum Geburtstermin schafft ihren Körper zu besetzen. Dann wird der Welpe, obwohl er voll entwickelt und gesund ist, leider tot geboren.
Rosis Seele nahm das Angebot nur allzu gerne an und ich zog mich zurück. Ich werde eben zu einem späteren Zeitpunkt zu meinen Lieben zurückkehren, in einem oder in zwei Jahren, dann, wenn es für uns alle passt. Im Jenseits hat man alle Zeit der Welt, denn hier ist Zeit nur der Flügelschlag eines Schmetterlings.

Nachdem Gerdi uns Lunas Botschaft übermittelt hatte, schwand unser schlechtes Gewissen Luna gegenüber. Ich war meiner Prinzessin unendlich dankbar, dass sie zu Rosis Gunsten ihre Reinkarnation verschoben hat.

Wusste ich doch jetzt, dass sie in absehbarer Zeit ebenfalls wieder bei uns sein würde. Und insgeheim denke ich, dass es Luna nicht allzu schwer gefallen ist, kenne ich doch ihre lebenslang gehegte Antipathie gegen englische Bulldoggen. Nur uns zuliebe hatte sie es in Erwägung gezogen als Engländer und als Rüde zurück zu kehren.

Wir hatten bereits vor einiger Zeit beschlossen, dass Bela seine ausgezeichneten Gene weitergeben sollte, er hat alle Zuchttauglichkeitsuntersuchungen mit besten Noten gemeistert. Wenn er in absehbarer Zeit Papa werden wird so werden wir eine Tochter von ihm zu uns nehmen. Und wir sind uns jetzt schon ganz sicher, dass unsere Luna in diesem Mädel wiedergeboren wird.

Obwohl wir jetzt wussten dass unsere Rosi in Ferdinand wiedergeboren wurde, blieb unsere Trauer um sie trotzdem bestehen. Denn die Rosi, die wir gekannt und geliebt haben, war unwiderruflich aus unserem Leben verschwunden und würde nie mehr zurückkehren. Und natürlich sind wir uns darüber im Klaren, dass Ferdinand nicht eins zu eins werden wird wie Rosi es war. Aber ganz sicher wird er im Lauf der Zeit die eine oder andere Gewohnheit entwickeln, die uns an Rosi erinnert. Aber er wird bestimmt auch andere Wesenszüge zeigen, denn schließlich entstammte er einer völlig anderen Linie als Rosi und wird sich entsprechend seinen Genen entwickeln. Doch er trägt Rosis Seele in sich und wir sind schon gespannt, inwieweit die ihn prägt. Jetzt konnten wir uns noch mehr auf den 8. Februar freuen, da wollten wir unser neues Familienmitglied zum ersten Mal besuchen. Weil Bela nicht mit in die Welpenstube durfte fuhr Helgas Mutter mit, sie würde sich solange um ihn kümmern.

Das Züchterpaar begrüßte uns sehr herzlich und aus dem geplanten Stündchen wurden vier. Doch nach dem Besuch waren wir uns endgültig sicher die richtige Entscheidung getroffen zu haben. Wir nahmen uns vor den Besuch so bald als möglich zu wiederholen, doch daraus sollte leider nichts werden, denn Covid 19 kam dazwischen.

Jetzt mussten wir uns plötzlich Gedanken darüber machen wie wir es anstellen konnten den Kleinen in ein paar Wochen zu uns zu holen. Denn plötzlich war es nicht mehr möglich einfach von einem Bundesland ins andere zu fahren.

Helga und ich schmiedeten mehrere Pläne und verwarfen sie genauso schnell wieder, wir überlegten uns sogar Ferdinand zu schmuggeln. Niemand wusste wie lange die Beschränkungen dauern würden. Ferdinand konnte aber auch nicht weiß Gott wie lange bei seinen Züchtern bleiben. Wir legten vor allem Wert darauf, dass er die für einen Welpen sehr wichtige Prägephase mit uns und Bela verbringen würde. Zumindest machten wir uns diesmal keine Sorgen, dass es mit der Zusammenführung der Beiden nicht klappen würde, schließlich war die von Rosi und Bela auch wunderbar gelaufen.

Irgendwann kam ich auf die Idee bei einem Transportunternehmen anzurufen und zu fragen ob es möglich sei Ferdinand auf diesem Weg zu uns bringen zu lassen. Einmal mehr mussten wir warten, dann kam der

Bescheid, dass das kein Problem sei. Trotzdem fiel uns ein Stein vom Herzen, als der Transporter endlich ankam. Der Fahrer hatte Ferdinands Box auf dem Beifahrersitz stehen und übergab uns lachend unser heiß ersehntes neues Familienmitglied. Endlich war er da, unser „Erzherzog Ferdinand Porsche".

Wie damals, als Bela eingezogen war, sollte Ferdinand zuerst allein sein neues Zuhause kennenlernen. Danach wollten wir das erste Treffen der Hunde auf der Wiese in der Nähe stattfinden lassen. Helgas Mutter wartete dort bereits mit Bela auf uns, voller Vorfreude gingen wir auf die Beiden zu.

Kurz gesagt, das Kennenlernen zwischen unseren Hunden wurde zum ernüchternden Desaster. Unser immer freundlicher Bela, der eigentlich jeden Hund mochte, fiel Ferdinand sofort knurrend an und zeigte ihm deutlich, dass er ihn keineswegs dulden würde. Wir waren geschockt und fassungslos. Was nun?

Die erste Nacht mit Ferdinand verbrachten wir, genauso wie die letzte Nacht mit Rosi, im Wohnzimmer. Das war auf den Tag genau vor drei Monaten gewesen. Damals waren wir unglücklich gewesen weil wir um Rosi bangten, diesmal waren wir voller Sorge, dass Bela Ferdinand nicht akzeptieren würde.

Es war eine sehr unruhige Nacht, in der wir ständig aufpassen mussten, dass sich die Beiden nicht ins Gehege kamen und auch am nächsten Tag wurde es nicht wirklich besser. Bela wollte mit Klein-Ferdinand einfach nichts zu tun haben und attackierte ihn sobald er in seine Nähe kam. Er ging sogar mich an, als ich eingreifen wollte.

Helga und mir war zum Heulen zumute, so hatten wir uns die Zusammenführung ganz und gar nicht vorgestellt. Es musste dringend etwas geschehen und so rief ich bei unserer Hundetrainerin an, die uns schon so manchen guten Rat gegeben hatte. Auf ihre Anregung hin filmten wir die beiden Streithähne mit der Kamera unseres I-Pads und sie beurteilte die Lage von zuhause aus. Was sie sah beunruhigte sie, im Gegensatz zu uns, nicht allzu sehr. Sie sah es als relativ normal an wie Bela auf Ferdinand reagierte. Ihre Meinung beruhigte unsere strapazierten Nerven auf der Stelle. Sie gab uns noch ein paar Tipps die wir beherzigten und siehe da, die Situation entspannte sich schnell und wurde von da an jeden Tag besser.

Ach ja, und so als sei es das selbstverständlichste auf der Welt nahm Ferdinand sofort Rosis Schlafplatz ein, mittig zwischen Helga und mir aber mehr meiner Bettseite zugewandt, so dass ich es auch im Sommer wieder schön warm haben werde.

Inzwischen sind unsere Bullys ein sehr gutes Team geworden, wir haben es nicht bereut Ferdinand zu uns geholt zu haben. Bela bewacht seinen Ziehsohn mit Argusaugen, wenn dieser mit anderen Hunden spielt. Und auch wenn Ferdinand schon so manches Holzteil im Haus angenagt hat, könnte es nicht besser laufen. Wenn wir heute die Szenerie zwischen den Beiden beobachten, erinnert sie uns manchmal an eine andere, die lange zurück liegt: An den kleinen Bela und seine gewichtige Ziehmama Rosi.

Anders als Rosi es war, ist Ferdinand jedoch ein totaler Herzensbrecher. Er liebt einfach jeden, egal ob Mensch oder Tier, Erwachsener oder Kind. Sieht er jemanden wedelt er mit seinem kleinen Stummelschwänzchen und wackelt dabei mit seinem ganzen Popo. Vor allem Kinder haben es ihm angetan.

Zum guten Schluß möchte ich deshalb seinen Züchtern, wie auch Belas Züchterin, ein großes Lob aussprechen. Sie haben alles getan um ihre Welpen optimal auf das Leben vorzubereiten. Wie Bela kennt Ferdinand keine Angst und ist allem und jedem total aufgeschlossen. Er ist der Wonneproppen, auf den wir gehofft hatten. Einmal mehr war es richtig auf unser Herz zu hören. Und so wird es auch sein wenn irgendwann wieder ein kleines Bullymädchen bei uns einziehen wird. Egal, ob es von Bela sein wird oder vielleicht doch aus dem Tierschutz, ich bin überzeugt davon, dass wir wieder die richtige Entscheidung treffen werden.

Ach, und hatte ich schon erwähnt dass Ferdinand Rosi in vielen Dingen immer ähnlicher wird? Auch wenn er durchaus seinen eigenen Kopf hat, sind Helga und ich uns inzwischen sehr sicher, dass die Seele unserer Rosi in Ferdinand weiterlebt. Und so schließt sich irgendwie der Kreis unserer Seelenhunde. Trauer und Glück liegen nah beieinander. Jeder nahm ein Stück unserer Herzen mit sich als er ging, und jeder der zurückkehrt, bringt uns wieder ein Stück unseres Herzens mit.

Seelenhunde sterben nicht.

FÜR IMMER DEIN - FÜR IMMER MEIN

Ich hatte einen wunderschönen Traum,
durfte heute Nacht ins Regenbogenland schaun!

All jene, die ich auf Erden begleitet habe,
und im Laufe der Zeit tragen musste zu Grabe,
seh ich dort, gesund und lustig herum hüpfen,
seh das Leuchten und den Schalk in ihren Augen,
seh sie tollen und springen in alle Pfützen!

Und dann, ganz plötzlich, halten sie inne,
es ist, als schärfen sie alle Sinne,
sie heben den Kopf und nehmen Witterung auf,
schauen sich um und dann … zu mir rauf!
Ein Blick, der mehr sagt als tausend Worte,
tröstend und so voller Liebe und Dankbarkeit,
ach, wär sie doch schon gekommen die Zeit!

Doch es wird die Stunde geben,
in der wir uns endlich alle wiedersehen.
Sie haben mich nicht vergessen und werden warten,
sie sind glücklich dort, wo sie jetzt sind –
in Gottes Garten!

Mein ganzes Sehnen, mein tiefe Liebe im Herzen,
sie spüren sie und freuen sich – auf mich –
das nimmt mir jeglichen Kummer und Schmerzen!

Ich hatte einen Traum ….

Christine Wesiak

Ihr seid immer bei mir – in meinen Gedanken –
in meinem Herzen Cher, Cäsar, Niki, Pinky, Susi,
mei Bua Jacqui, meine geliebte Prinzessin Luna
und natürlich Rosi, meine Püppi

Nachwort

Ich möchte mich ganz herzlich bei Gerdi dafür bedanken, dass sie es möglich gemacht hat, dass es dieses Buch überhaupt gibt. Ich kann mich noch daran erinnern wie überrascht, glücklich und zutiefst gerührt ich war, als sie mir von ihrem Plan erzählt hat ein Buch über meine Prinzessin Luna zu schreiben.

Damit hätte ich nie gerechnet als wir uns vor einigen Jahren spontan an ihrem Urlaubsort, der nahe meines Wohnortes lag, zu einem Spaziergang trafen.

Damals noch mit Rosi und Luna. Nach dem Spaziergang gingen wir noch in eine urige Hütte um eine Kleinigkeit zu essen und uns aufzuwärmen. Es regnete in Strömen und wir redeten über dies und das. Unter anderem auch über ihre „Robin Huth"-Bücher und was sie dazu bewegt hat diese überhaupt zu schreiben.
Über den Tierschutz, der uns Beide am Herzen liegt.

Gehen doch alle Einnahmen ihrer „Robin Huth"-Bücher zu 100 % an den Tierschutz, so wie es auch bei diesem Buch sein wird. Bestimmte Erinnerungen bleiben einem einfach immer im Gedächtnis.

Dieses Buch erzählt die wahre Geschichte meines Lebens mit meinen Tieren. Einerseits musste ich bei gewissen Geschehnissen lachen und schmunzeln, und dann wieder rannen Tränen über meine Wangen.

Als ich dann die erste Fassung gelesen habe konnte ich zuerst nur bis zu Kapitel 7 lesen. Kapitel 8 und 9 waren noch so real, so emotional für mich, dass ich mich zuerst nicht darüber getraut habe.

Ich ließ einige Tage vergehen und dann begann ich weiter zu lesen. Es ist schwer in Worte zu fassen was es wirklich für mich bedeutet, dass es ein Buch gibt, das von meinen geliebten Tieren handelt – und ein wenig auch über mich erzählt. Neben der vielen Emotionen ist auch eine gehörige Portion Stolz dabei.

Ich kann ohne Wenn und Aber sagen, dass mich das Leben mit meinen Tieren sehr verändert hat. Ja, ich bin überzeugt, dass es mich zu einem besseren Menschen gemacht hat. Manchmal denke ich für mich wie vielen Kindern die Möglichkeit genommen wird mit einem Haustier aufzuwachsen und was sie dadurch eigentlich versäumen. Ich begegne so vielen Eltern mit ihren Kindern und wenn dann - in letzter Zeit fällt mir das vermehrt auf – diese ihre Kinder zur Seite nehmen und ich hören muss wie sie sagen: „Pass auf, das ist ein böser Hund", dann kann ich nur den Kopf schütteln.
Es macht mich einfach traurig. Sie wissen nicht was sie ihren Kindern durch ihr extremes Verhalten vorenthalten. Ich weiß aber auch aus persönlicher Erfahrung, dass man diese nicht vom Gegenteil überzeugen kann - leider!

Eine Bekannte aus einer Bullygruppe sagte einmal: „Das letzte Kind wird immer Fell haben!"

Ich hatte nie Kinder, aber meine Haustiere bezeichne ich als meine „Fellkinder". Mit ihnen verbindet mich etwas ganz Besonderes.

Es gibt da ein Band das nie ganz zerreißt!
Viele, die dieses Buch lesen, werden wissen was ich meine.

Manchmal ertappe ich mich dabei wie ich ein Zwiegespräch mit denen führe die bereits im Regenbogenland sind, oder ich mich beim Spaziergehen umdrehe um zu sehen ob sie wohl nachkommen – speziell bei Jacqui, Luna und Rosi ist das bis heute immer noch so.

Es ist dieses Gefühl, dass sie immer bei mir sind. Und auch wenn andere darüber lächelnd den Kopf schütteln so bin ich mir sicher, dass viele dieses spezielle einzigartige Gefühl kennen.

Ab und zu legt Bela, der ja immer bei mir schläft, seine Wange ganz leicht auf meine, so dass ich es zuerst gar nicht richtig spüre. Dann wird sie schwerer wenn er sich entspannt und dann schlafen wir Wange an Wange weiter. Oder aber er kuschelt sich an meinen Rücken und legt seinen Kopf in meinen Nacken. Ich genieße diese Momente totalen Vertrauens. Er schmiegt sich dann an mich und mir geht mein Herz auf.

Ich bin mir ganz sicher, dass es eines Tages, wenn auch ich meine Augen für immer schließen werde, ein Wiedersehen mit all jenen geben wird die wir über alles geliebt haben. Dann werden unsere Herzen wieder eins. Haben wir doch gegenseitig ein Stück unseres Herzens als Pfand bei ihrem Tod ausgetauscht.

Manche glauben wahrscheinlich nicht daran, ich schon. Es ist ein Glaube der mich tröstet und mir die Kraft gibt über alle Schicksalsschläge hinwegzukommen, die das Leben mir bereitet.

Danke, Gerdi!

Liebe Leserin, lieber Leser

mit dem Erwerb dieses Romans haben sie einen
kleinen Beitrag für Hunde geleistet, die kein so
glückliches Hundeleben führen können.

Hunde, die gequält, ausgesetzt werden oder in
Tötungsstationen ein trostloses Dasein führen.

Ich habe mich deshalb entschlossen den gesamten
Erlös dieses Romans an Organisationen zu spenden,
die es sich zur Aufgabe gemacht haben,
Hunden in Not zu helfen.

Vielen Dank, auch im Namen der Hunde,
und viel Spaß beim Lesen des Romans

Kaufen Sie auch die weiteren Hunde-Romane von mir
und unterstützen Sie damit Hunde in Not.

Mein Name ist Huth, Robin Huth

Teil 1:
Geschichten aus dem Leben
einer Bulldogge

Teil 2:
Die abenteuerliche Odyssee
einer Bulldogge

Teil 3:
Die unglaublichen Reiseerlebnisse
einer Bulldogge

Reinlesen in die Romane unter

www.gerdi-m-buettner.de

Der gesamte Erlös vom Verkauf dieser Romane
wird für Hunde in Not gespendet

Sie interessieren sich für Vampire, Hexer, Geister oder Engel

Vampire:
5-teilige Vampirsaga
Blutsfreunde, Blutgier, Blutschuld
Blutschande, Blutspiele

Liebe, Blut & Tod

Die Rache des Bastards

Hexertrilogie:
Das Geheimnis des Hexers
Die Rückkehr des Hexers
Der Fluch des Hexers

Geister:
Der Geist vom Ruthardthaus

Engel:
Engelsaugen

Reinlesen in die Romane unter

www.gerdi-m-buettner.de